TWIN SOUL

武田 靖子

表紙絵　夕映え（中廣洋子）

▽ TWIN SOUL △

目次

まいご

その日は、朝から激しい雨が降っていた。

こういう日は、ゆううつな気分になるだけでなく、頭痛がする。

この日も、やはりそうだった。体調が悪いと、家事もなかなかはかどらない。夜、十時頃、ようやく一段落つき、やれやれと一息入れようとした時、夫が言った。

「おい、コーヒー買ってきてくれ」

ああ、この人は、いつもこうなんだと思った。

自分だって、少し前まで外出していたんだから、自分で買ってくればいいのに。人の体調のことなど、なにも考えないんだ。

しかし、それを口に出すと、すぐに不機嫌になって、当たりちらされるのが嫌で、私は、行きつけの近くのドラッグストアに、買いに出掛けることにした。

そして、そういう自分に、激しい自己嫌悪も感じていた。

若かった頃に、違う選択枝を選んでいれば、ぜんぜん違う現在があったのだろうに……。

シーズーのミンが、いっしょに出掛けたそうに、玄関先までついてきたが、雨が激しいのでおいて出ることにした。

ドラッグストアで、ボトルコーヒーを二本取り、レジに持って行こうとした時、目眩がして視界がぼやけた。やはり、体調が悪い。

さっさと支払いを済ませてしまおうと、レジに急いだ。

その日のレジ係は、時々立ち話をする、顔見知りの彼女だった。店の会員カードを差し出すと、彼女は、それを機械に通した後、事務的な口調で、

「これは、ウチのカードではありませんが……」と、言った。

そんなハズはない。いつも使っている会員カードで、店の名前もちゃんと入っている。

「カードお作りしましょうか？　すぐできて、商品も格安でお買い上げになれますが」

彼女は、また事務的に言ったが、気分がすぐれないので、そのままの価格で買って店を出た。

車に乗り込む時、雨はますます激しさを増していた。

家に着いて、玄関の鍵穴にカギを差し込もうとしたが、入らなくて空回りするばかりで、びしょぬれになってしまったので、私は、呼び鈴を鳴らすことにした。

しばらくして、長女の、

「どちら様ですか？」という不信そうな声が、インターホンから聞こえてきた。

「お母さんよ。びしょぬれになったから、カギあけてよ」

かすかに、「え……？」という声が聞こえた。

さらにしばらくしてドアが開き、ミンを抱いた長女が顔をだした。そして再びけげんそうな顔で、「どちら様ですか？」と言った。

気分がすぐれないのに、こんな外に長くいたくない。

早く中に入りたいと、イライラしながら、私は、「お母さんでしょ。そこどいてよ」と、強い口調で言った。

長女は、さらに不信感をつのらせた表情で、

「母なら、いますけど」と言い、家の中に向かって、

「お母さーん、ちょっと来て」と呼びかけた。

「なーに？」と、奥の方で声がし、女が現れた。

それは……「わたし」だった。

「この人がね、お母さんだっていうのよ」

長女は、わたしを指さして言った。

「この人」だなんて……。何を言うの。

長女の言葉が頭の中でぐるぐる回り、わたしの叫びは声にならなかった。

そして次の瞬間、顔から血の気が失せていくのがわかり、わたしの思考は完全に停止した。

「あなた、いったいどなたです。こんな時間に人の家に乗り込んできて、非常識だとは思わないんですか？」

女は、居丈高な口調で冷たく言った。

なぜ？　どうして？　違う！　違う！

「あなた」は、「わたし」じゃない！「あなた」、誰なの？

頭の中でいろいろな思いが渦をまいていたが、それは、やはり声にはならなかった。

シーズーのミンは、長女の腕の中で、女と私を交互に見つめ、小首をかしげていたが、やがて私に向けて尻尾を振った。

ミンは、わかっているんだ。家族の中で一番私になついていたもの。

ミン助けて！　涙があふれてきた。

しかし、女は、さらにかぶせるように言った。

「とにかく、出て行ってください。迷惑ですから。これ以上おかしなことを言うのなら、警察を呼びますよ。この家の主婦は、わ、た、し、ですから。いいですね！」

そして、有無をいわさず、私はドアの外に押し出されてしまった。

ドアが閉まる瞬間、女が私を見てニヤッと笑ったのが見えた。

ドアの内側で、長女が「なに？　あの人。変なことというよね」と言っている声が小さく聞こえた。
「ちょっと、おかしいんじゃない？　ああいう人は、あまり相手にしない方がいいのよ」と女の声がし、目の前で玄関の明かりが、消えた。

雨は、変わらず激しく降り続けていた。真っ暗になった家の前に、私は、ぽつんと立っていた。帰る所が、なくなってしまったと、思った。

私は、「まいご」になってしまった。

その日の夜、私は、どこをどう歩いたのか覚えていない。気がつくと、お城の下の「お堀公園」のベンチにびしょぬれのまま座っていた。いつのまにか雨もやみ、東の空は白んで、日の光が射していた。遠くの方で、市内電車の走るゴトン、ゴトンという音が聞こえた。

「ああ、もう始発電車が走っているんだ……」と思った。

どうして、こんなことになってしまったのか、訳がわからなかった。

コーヒーを買いに出て、帰ってみたら、ほかの知らない女に入れ替わられていた。

長女も、それとわからなかった。どうして？　なぜ？　じゃあ、「わたし」はダレなの？

いくら考えても、当然、答えは浮かんでこなかった。

でも、ミンは、私がわかっていた！

あの丸い、愛らしい目で私を見つめ、尻尾を振ったもの。

あの女ではなく、わたしに！

いや、それとも、なにかの思い違いか、悪い夢なのかも……。

だって、こんなおかしなことが、現実に起こる訳がないじゃない！

それなら、きっと家では、私がいないので、大騒ぎになっているだろう。

私は、思い切ってポケットから携帯を取り出した。

住所録で長女の番号を出し、震える指先で、発信ボタンを押した。

しかし、流れてきたのは、

「この電話番号は、現在、使われておりません……」という、無機質な、機械の案内音声だった。

夢ではなかった……。

肩が、がっくりと落ちた。

でも、でも、それでも！　私は、夫、実家、友達と、次々と番号を出してダイヤルしたが、結果は同じだった。

「この番号は……使われておりません……」

耳の奥で、音声が繰り返しエコーしていた。

では、これは、現実なの？　夢ではなく、現実なの？

あの時、ミンを連れて出ていれば、こういうことにはならなかったのだろうか？

混乱する頭の隅で、私は、ぼんやりと考えていた。


どのくらい、そうやっていたのだろうか？　私は、ふと視線を感じて、顔をあげた。

ベンチの周りには数人の人がいて、その中の中年の女性が、じっと私を見ていた。

不審者だと、思われたのだろうか？

服もびしょびしょだし、ずっとうつむいて座り込んでいるから……。

随分と、みじめだった。昨日の今頃は、まだ、「あの家」の「主婦」だった。平凡な、どこにでもいる、「主婦」だったのだ。

それにしても、かなりな時間が、経っていたようだ。

車の音、電車の音、人々の雑踏の音……。

私がよく知っている、懐かしい生活音をたてて、街はいつもの姿になっていた。

ここには、いられない。私は、どうしていいかわからないまま、立ちあがった。


あてもなく、人ごみの中をさまよった。

あのお店も、あのバス停も、みんな私が知っている景色なのに、私だけが、誰も知らない「だ、れ、か」になってしまったのだ。まるで、異次元空間を、さまよっているようだった。

そうだ！　のぶちゃんのお店に行ってみよう！

唐突に、思いついた。

のぶちゃんは子供の頃からの親友で、雑貨のお店を開いている。嬉しいことも、悲しいことも一緒にわかちあってきた。

そうだ。どうして、もっと早く思いつかなかったのだろう！

そう思うと、急に元気が出てきて、足取りも早くなった。

のぶちゃんなら、相談に乗ってくれて、きっと力になってくれるに違いない。

なにしろ、私とのぶちゃんの仲だもの。

はやる気持ちを押さえながら、私は、お店のドアを押した。

「いらっしゃいませ」

お店に出ていたのは、娘のあっこちゃんだった。

いつも、「あ、おばちゃん、いらっしゃい」と、愛想よく迎えてくれるのに、気がつかなかったのかな？

気がせいていたので、あまり気にとめることもなく、私は「のぶちゃん、いる？」と、尋ねた。

「母ですか？　母のお知り合いの方ですか？」

え……？　まさか……？

あっこちゃんの顔に、長女の顔に浮かんだのと同じ表情が浮かんだ。

顔から、血の気が失せていった。

気が動転して、「は、はい」と、答えるのがやっとだった。

はたして、のぶちゃんが店の奥から現れ、私を見て、

「どなたでしたかしら？」

と言った時、私は、もうその場にはいられなかった。

逃げるように、お店から走り出た。

わからなかった！　のぶちゃんも、あっこちゃんも、わからなかった！

これ以上のショックは、なかった。

走りながら涙がつぎつぎとあふれ、私は、完全にうちのめされた。

こんなバカな話、誰が信じるだろう？
ふらふらと歩きながら、足は、知らず知らずのうちに家へと向かっていた。
あの女が、庭の木に水をやっているのが見えた。
ちょうど出てきた隣りの奥さんに声をかけ、二人で何やら楽しそうに談笑をはじめた。
これまで、当たり前のように暮らしてきた私の家。
こんなに近いのに、世界で一番遠い場所になってしまった。
もう、だめだ……と思った。

気がつくと、私は、再びあの「お堀公園」のベンチに座っていた。
もう、夕闇がせまっていた。

突然、肩をポンと叩かれ、私は驚いて振り向いた。

それは、朝、ここで私をじっと見ていた、あの中年の女性だった。

驚いている私を尻目に、彼女は、

「あなた、はじき出されたんでしょ？」と、言った。

「知らない誰かに、自分の場所をとられちゃったんでしょ？　帰れなくなったんでしょ？　違う？」

「ど、どうしてわかるんです？」

私は、驚きを隠せないままに、尋ねた。

「どうしてって、私もそうだからよ」

私もそう……。全く予想もできない言葉だった。

「あなた、朝もそうやってたでしょ。きっと、そうだと思ってたのよ」

「あの、私、買い物から帰ったら別の私がいて、家に帰れなくなってしまったんです」

「そう。まあ、だいたい、そんなところでしょうね。みんな、そうやって『まいご』になるのよ。

そして、まいごになると、みんな、ここにやって来るのよ」

みんなって？

あたりを見回すと、確かに何人もの人々が不安そうに集まっていた。

そういえば、朝のあの早い時間にも、何人もの人たちがいた。気が動転していて、自分のことに手いっぱいだったから、全然気にしてなかったが、きっと、同じ人たちなのだろう。

「だけど、どうして、まいごになるんです？　こんなこと、現実に起こるなんて、ありえないでしょう！」

私は、昨日の夜から抱えている思いのたけを、彼女にぶつけた。彼女のせいではないのだろうけれど、何かに当たらなければ、気がおさまらなかった。

「そう、ありえないわよね。でも、これは現実なの。夢では、ないの」

彼女は、とても静かに、ゆっくりと答えた。それだけに、その言葉は、私の胸に重くのしかかってきた。

「私はね、もう二年もここにいるの」

信じたくない……と思ったが、この事実は動かせそうにはなかった。

「あなた、今の生活から逃げたいと、思っていたでしょう？　だからよ。だから、入れ替わられたのよ」

違うと言いたいところだけれど、確かに私は、そう思っていた。まいごになる発端となった昨日の夜も、確かに、強く、そう思っていた。だからって、そんな……。

「まいごはね、いつも探してるのよ。自分が、入り込める場所をね。うまくタイミングが合っちゃったんでしょうね、きっと」

「では、では、どうすれば帰れるんですか？　私、帰りたいんです！」

私は、必死だった。

「それは、あなた次第ね。どれだけ強く帰りたいと思うか、あなた次第よ。ほら、あの人たちを見て」

彼女は、周りの人たちを指さした。

「みんな、まいごになって、元の場所に帰ることも、他の場所に入り込むこともできずに、ここにいるの。向こうのベンチに座っている男の人は、私がここに来た時にはもういたし、隣りの女の人は、もっと前からいるらしいわよ」

彼女の指さす方を見たとき、私のからだの中をイナズマが突き抜けていった。

それは、向かいの大きなお家の奥さんだった。

え……？　あの奥さんも、まいごだったの……？

何不自由なく暮らしているように見えたのに、何の不満があったのだろう？

私は、慌てて、周りの人たちを見回してみた。

私の知っている人たちが、結構いた。驚いた。

こんなに沢山の人が、現実から逃げたくて、まいごになっていたなんて！

「とにかく、帰りたいのなら、強く強く願うことね。それしかないわ。早いうちに帰れなければ、このまま、ここでまいごのままになってしまうわよ」

彼女はそれだけ言うと、もう一度、私の肩をポンと叩き立ち去っていった。

私は、一人、ぽつんとベンチに残された。

帰りたいけど、どうしたらいいの？　携帯もつながらないし、誰も私のことがわからないのに……。

そういえば……。

私は、ふと思い出した。

この公園には、昔、来たことがある。

長女がまだ二歳だった頃、ここに連れてきたことがあった。とても喜んではしゃいでいたが、ちょっと目を離したすきに、転んでベンチの角で唇の下を打って、大ケガをした。ちょうど、土曜の午後だったので、あわてて、かかりつけの近所の病院に電話をして開けてもらい、三針ほど縫ったっけ。

こんなことは、あの女は、知らないだろう。

そう思ったとき、突然、「帰りたい」という強い気持ちが、突き上げてきた。

この思い出は、「わたし」のものだ！

今の「わたし」を支えているものだ！

決して、あの女のものじゃない。そして、その場所は、「あなた」のものじゃない！

取り返すんだという強い気持ちが、私を動かしていた。

私は、携帯を取り出し、長女の番号にダイヤルした……。

呼び出し音が……鳴った！

「もしもし、どうしたの？」

長女の声が、受話器のむこうから聞こえてきた。

涙が、あふれてきた。

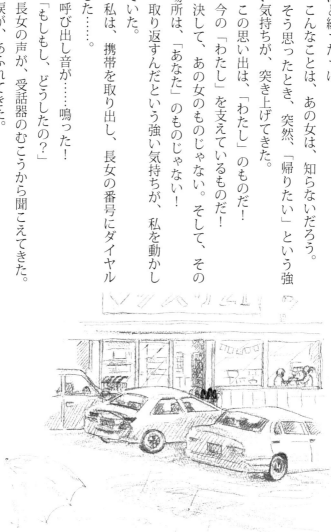

「どうしたの？　何かあったの？」

長女の声がこんなにも懐かしいと思ったことは、いまだかつてなかった。

「ミンは、どうしてるかと思って……」

私は、適当に思いついたことを言った。

「何言ってるの？　変だよ、お母さん。夕飯の買い物をした後、ドラッグストアに寄ってから帰るって言って、さっき、ミンを連れて出て行ったじゃない？」

あの女、今、ドラッグストアにいるんだ！

私の場所を、取り返してやる！

「だいたいお母さんはね、いつも、ミン、ミンってばかり……」

長女が、まだ電話の向こうで何か言っていたが、私は途中で切ってドラッグストアに走った。

あの女を捕まえるのは、今しかない。

今、捕まえることができなければ、私は、永遠の『まいご』になってしまうかも、しれない！

駐車場についた時、家の車が停まっているのが見えた。

間に合った！

車の中にミンが乗っていて、私を見つけ、大喜びでしっぽを振った。

「取り返す」という気持ちが、さらに、強くなった。

私は、そのままの勢いで店の中に走り込んだ。

あの女が、コーヒーの棚に向かって歩いて行くのが見えた。

もう、絶対、許さない！

女の肩に手をかけようとした時、視界がぼやけた……。


気がついた時、私は、お店の床に倒れていた。

たくさんの人に囲まれ、あの顔見知りの彼女が、心配そうにのぞきこんでいた。

「大丈夫？　血相変えて、店に入ってきたと思ったら、急に倒れちゃって。びっくりしたよ」

ああ、いつもの彼女だ……と思った。

「私の前に、女の人がいたでしょう？」

と、私は尋ねた。

「ううん、誰もいなかったよ。ひとりで、入ってきたじゃない」

と、彼女は答えた。

「お家に電話したから、もうすぐ、誰か来てくれると思うよ」

彼女は、にっこり笑った。

やがて、長女が慌てたふうで現れ、

「大丈夫？　お母さん？　お店から電話があって、びっくりしたよ。お父さんまだ帰ってないから、タクシーでとんできた」と、言った。

元に戻れた！　帰れたんだ！　と思った。


次の日、私は、「お堀公園」に行ってみた。

そこには子供たちが遊んでいるだけで、まいごの人たちの姿も、あの中年の女性の姿もなかった。

その次の日も、またその次の日もそうだった。

私には、あの出来事が、本当のことだったのかどうか、今もわからない。

そして私は、変わらず、平凡な日を、平凡な主婦として、平凡に過ごしているのだ。

あの　雲の向こう

夏の青い空に、真っ白な雲がぽっかりと浮かんでいる。

真吾は、石手川の土手に寝転んで、さっきからそれをながめていた。

セミの声が、わんわんと頭の中に染み込んでくる。中学校の制服の開襟シャツは、汗でビシャビシャになっていたが、あまり気にはならなかった。

「あの雲の向こうには、何があるんやろ?」

真吾は、頭の隅でぼんやりと、そう考えていた。


もうすぐ、石手寺の縁日がやってくる。

ちいさい頃は、朝から縁日を知らせる空砲の花火があがると、もう、そわそわして、何をやっても気もそぞろだった。

「真吾、ちょっとは、落ち着いてじっとしとけ。仕事が終わったら、じいちゃんが連れていってやるけん。男は、じっとがまんよ!」

そんな真吾を見て、じいちゃんは笑いながら言ったものだった。

おっとりしているせいか、兄や弟に比べて損ばかりしている真吾を、じいちゃんは一番可愛がってくれた。真吾もじいちゃんが大好きだった。

真吾が、周囲の予想に反して、旧制中学に合格した時、誰よりも喜んでくれたのはじいちゃんだった。

「真吾、男は、ここぞという時にバシッと決めたらええんじゃ！　ようやった！

それでこそ日本男児じゃ！」

じいちゃんの口癖は〝男は〜〟だった。

真吾には、その感覚はよくわからなかったが、顔をくしゃくしゃにして喜んでくれているじいちゃんを見ていると、とても幸せな気持ちになったのだった。

しかし、そのじいちゃんは、もういない。

去年の空襲の時、消火活動中に、逃げ遅れて死んでしまったのだ。真吾は、本当は誰よりも悲しくて、大声をあげて泣きたかったけれど、じいちゃんに、

「男は、これくらいのことで泣くんやない！」と叱られそうで必死でがまんした。

「シン、おまえは冷たいやつやのう。じいちゃんが死んだのに、悲しいないんか？」

兄の勇太郎にそう非難されても、真吾はだまっていた。

「俺の気持ちは、じいちゃんが一番ようわかっとるはずじゃ。じいちゃんの気持ちも、俺が一番ようわかっとる……」

そして、初七日が過ぎたあとに、一人でお墓に行って思い切り泣いた。

「真吾、男は人前では泣かんもんよ。ようやった！」

じいちゃんの声が聞こえたような気がした。

日本は、真吾が小学生の頃から戦争をしている。

自分が大好きないろいろなものが、どんどん遠くに行ってしまうのが、真吾は悲しかった。

兄の勇太郎や、一つ違いの弟の拓哉は、成績が良いうえに剣道がとても強かった。文武両道で、両親の信頼も厚く、中学の先生にもかわいがられて友達も多かったが、真吾は、成績もぱっとしないし、運動はからきしダメだった。

外で体を動かすよりも、一人で絵を描いているのが好きだった。兄弟の中で、よく比べられたけれど、あまり気にはならなかった。

実際、真吾の絵は色づかいがとても綺麗で、美術の先生も舌をまくほどだった。県や四国、また全国でも、数々の展覧会で入選してきた。

何かのために描くのではなく、自分が感動したものを紙に留めておきたくて、真吾はいつも絵筆をとった。

「あなたは、ほかのことは何をやってもからきしダメだけど、絵だけはうまいのねえ」と、母は言った。

褒められているのか、けなされているのか、よくわからなかった。

中学の合格祝いにじいちゃんが買ってくれた三十六色の絵の具が、今の真吾の宝物だった。

「今では、こんなものは手にはいらんもんな……」

実は、若い頃、本気で画家になろうと思ったことがあるというじいちゃんが、画材屋さんにたのんで、取り寄せてくれたのだ。

二年くらい前は、まだ、つてをたどれば、贅沢品を手に入れることも可能だった。

でも今は……。

真吾に、いろいろ絵のアドバイスをしてくれた美術の先生は、召集されて軍隊に行ってしまった。教養科目は軍事教練に変わってしまい、毎日のように軍人がやってきて訓練がある。中学校は、とても居心地のいい場所とはいえなかった。

学校に限ったことでもない。物資も生活も、統制が厳しくなり空襲警報の鳴らない日はなかった。誰もが、不安な気持ちでせかせか生きていた。

「俺は、のんびりしてるのが好きなのにな」

真吾は青い空を見上げながら、少しため息をついた。

だけど、こんなに殺伐とした世の中になっても、あの空の色は昔と変わらない。

もしかしたら、あそこには昔と変わらない世界があるんじゃないだろうか……。

真吾がそう思った時、石つぶてが頬をかすめて草むらの中に落ちた。

はっとして体をおこすのと同時に、橋の上からはやし声が聞こえてきた。

「何しとんじゃ、真吾！　なんの絵描こうか考えとったんか？」

「女々しい奴じゃのう。それでも男かあ」

同級生の大元たちだった。嫌なやつらに見つかった、と思った。

「お前なんか、わが松中の恥じゃ。お前のせいで、松中はみんな腰抜けみたいに思われろうが！」

「お国より、絵のほうが大事じゃと？　よう言うたのう！　この非国民が！」

今日の昼間、いつものように軍事教練があった。

担当でやって来たのは、ねちねちとしつこくて評判の悪い、横山教官だった。

「本日は、行進の訓練を行う。統率のとれた精神を養うためである。お国のために戦地に赴いたとき、すぐさまお役にたてるよう、団結して訓練に臨め！」

そうして、横五人の隊列を組み、学年、組ごとにずっと運動場を行進させられた。

真夏のじりじりする日差しの中、えんえんと行進は続いた。ザッザッという無機質な靴音、舞い上がる砂埃、ハアハアという息遣い……。

口の中はカラカラで、つばも出てこなくなった頃、教官が言った。

「よし、合格した班から休んでよしっ！　三年五班、二年三班、三年一班……」

次々と、合格した班が隊列から離れていったが、真吾の班はなかなか呼ばれなかった。

そして、とうとう最後の一班になってしまい、それでも呼ばれず、ずっと行進を続けていた。


「こんなことするために、中学に入ったんじゃないはずだ」と真吾は思った。

軍事教練が、当たり前のように学校の中に入り込んできたのは、いつからだったろう。

思い出せないくらい昔のことのように思える。

「そういえば、この時間は、本当は美術の時間だったんだな……」

ぼうっとする頭の中で漠然とそう思った時、突然、教官の怒声が響いた

「二年一班っ、いつまでだらだら歩くつもりじゃっ。真ん中の奴、氏名を名乗れっ。お前のせいで、終われんじゃないか！」

それは、真吾だった。

「ほ、堀田真吾であります」

突然の指名で、心臓が割れ鐘のようにドクドク打ち始めた。

「ほった？　ほった　しんご？　どこかで聞いたことがあるな……。うん……？おお、そうじゃ。あの、絵がうまいという堀田だな？」

心臓が、口から飛び出しそうだった。

「絵は熱心に描くが、行進などばかばかしくてできんというわけか？」

違うと言いたかったけれど、言葉が出てこなかった。

もともと運動ができるほうではなく、自分としては、一生懸命やっているつもりだった。

「ほったっ、貴様は、絵と教練とどちらが大事なのだっ」

（教練です）と言いたかったのに、頭の中が真っ白になってしまった真吾の口から出てきた言葉は、これだった。

「え、絵です……」

とたんに、教官の顔色が怒りで真っ赤に変わった。

「今、なんと言った！　きさまっ」

（しまった！　どうしよう）頭の中は、真っ白だった。

「きさま、自分の言ったことがわかっているのか？　このお国の一大事に、絵のほうが大事だと！　情けない奴じゃ！」

教官の手が怒りで震えているのが、遠くからでもはっきりわかった。

成り行きを見つめている同級生たちも、ざわめいている。

真吾の顔から、血の気が失せていった。

「前に出い、堀田っ。根性を叩き直してやるっ」

そして真吾は、予想どおり、めちゃくちゃに殴られたのだった。

そのせいで顔はまだ腫れていたし、前歯も何本かぐらぐらしていた。

（口もうまく開かんわ）と、思った。

頭がぼうっとして、まずいことを言ってしまったけれど、本音から、そうはずれてもいなかった。

（なら、仕方ないか）とも思うけれど、自分の好きなことも口に出せない世の中は、何かおかしい。釈然としないものがあるのも事実だった。

「なんぞ言うてみいや、真吾！」

大元の投げた石がゴツンと鈍い音をたてて、額に命中した。額が切れて、血が流れてきた。悔しいというより、悲しかった。

真吾は、黙って唇をかんだ。

「何も言えんのか？　大体、お前みたいな奴が、松中におることがおかしいんじゃ。みんな、真吾は裏口入学じゃゆうとるぞ！　親父のおかげじゃろが」

真吾の家は、代々運送業を営んでいたが、いつの頃からか、軍の施設に物資を運ぶ仕事を請け負うようになり、軍の関係者とは結構親しかった。その力を借りて、裏口から入ったのだろうと陰口をたたく人がいたことは、真吾も知っていた。

しかし、受験を決めてからどれだけ頑張ったかを知っているのは、自分だけだし、それでいいと思っていたので、反論するつもりもなかった。

真吾自身は、勉強は好きではなかった。六年を卒業したら高等科に行って、その後は、家の仕事を手伝うつもりだったが、父親に中学を受けるよう言い渡されたのだ。

「勇太郎も中学に入ったんやけん、お前も受験せい」

しぶっていると、じいちゃんが言った。

「中学には、お前の大好きな、絵のうまい先生が沢山おられるぞ。頑張れば、美術大学にも入れるやないか」

（本当や。さすがじいちゃんや）と思った。

確かに、そういう道もある。そして、その日から真吾の猛勉強が始まったのだった。口数の少ない真吾は、それを誰に言うでもなかったので、受験を知っている人もあまりいなかった。それで、真吾の合格を知った時、同級生も周りの人たちも、みんな一様に驚いたのだった。

「何しよんぞ、お前ら！　真吾は、裏口やないぞ！」

聞き覚えのある声がして、幼なじみの廉が走ってきた。

廉は、小さい頃から、この辺ではガキ大将でならしていた。

大元たちの顔に、（やっかいなヤツが来た）という表情がうかんだ。

廉と真吾が、仲がいいのを知っていたからだ。

「自分らが、絵がへたなんで、ひがんどるんか？」

「ばか言え！　なんで、そんなことでひがむんぞ。お前、今日の教練で、こいつが何て言うたか覚えてないんか？」

「それが、お前らになんの関係があるんぞ。言うてみいや！」

「廉、お前、おかしいぞ。なんで、真吾をかばうんじゃ」

「お前らこそ、なんで真吾につっかかるんじゃ」

廉は、三人を相手にして一歩も引かなかった。

小さい頃から、真吾がいじめられていると、必ずこうやって助けに来てくれた。そして、それは今も変わることはなかった。

「そうか、わかったぞ」

大元は、ほかの二人のほうを振り向き、意地悪そうにニヤッと笑って言った。

「こいつも、裏口なんじゃ。二人とも、真吾の親父に口きいてもろうて、裏口で入ったんじゃ」

とたんに、廉の拳がうなりをあげて、大元の頬に飛んだ。

大元は、ふいをつかれて、橋の上に転がった。

「ふざけたこと言うと、ただじゃすまんぞ！」

廉がケンカが強いのは、この辺では誰もが知っていた。

大元は、頬を押さえながら慌てて起き上がり、急いで三人で逃げながら捨てゼリフを吐いた。

「みんな、言いよるわ！　裏口やってな！」

「ふん、情けないヤツらじゃ」

廉は、逃げていく三人の後ろ姿を見ながら鼻で笑った。

「真吾、大丈夫か？」

真吾は、廉がケンカしている間、動けずにいた。

自分のためにケンカしてくれているのだから、何か言わないといけないと思うのに、足がすくんで動けなくなってしまうのだ。

(なんて情けないんだろう)と思い、真吾はいつも自己嫌悪におちいるのだった。

「だけど、今日のはいかんぞ。いくら俺でも、あれは、かばいきれんぞ」

「うん。頭の中が、真っ白になってしもたんよ」

「まあ、そんなところやろな」

廉は、さばさばした調子で言った。


正反対の二人だけれど、なぜだか小さい頃から、一緒にいることが多かった。家が近所ということもあったけれど、そういう理由だけでもなかった。

真吾は、廉に呼び出されて虫取りや魚とりに出掛けた時、いつも、その知識の多さに感心した。どういう場所に行けば何が獲れるかよく知っていたし、目をキラキラさせていろいろなことを教えてくれる廉を見るのは、楽しかった。

廉は、自分の獲物をカゴに入れる時、いつも大事そうに、そうっと入れた。その様子を見ているとき、真吾はいつも、(廉は優しいヤツなんだな)と、思うのだった。

廉も、真吾が絵を描くのを見ているのは好きだった。

真吾の絵筆から、鮮やかな色彩の絵が生み出されてくるのが何とも不思議で、どれだけ長く横で見ていても、飽きなかった。

「なんだか解らんけど、ほんとの景色より、お前の絵の中の景色の方が本物みたいな気がするわ。何でやろ?」

廉は、よく真吾にそう言ったものだった。

「俺、絵を描く時は、その中に入り込んだような気持ちになるんよ。うまく言えんけどな。自分が、川の水になったり、木の葉っぱになったり。とにかく、いろんな物の中に入っていくんよ」

「ふうん。俺にはよう解らんけど、とにかく、お前の絵は好きなんじゃ」

廉が中学受験を決めた時には、真吾にはさらさらそういう気はなかったが、後になって進学の意志を固め、二人そろって同じ中学に合格したのだった。

「なあ、廉。あの雲の向こうに何があると思う?」

真吾は、さっきから考えていたことを口にした。

「あの雲の向こう?　あっちの方は、今治じゃろうが」

「そういう方向じゃなくて、空をどんどん進んでいったら何があるんじゃろうかってことよ」

「どんどん進んでいったらか?」

それこそ、どんどん進んでいけば、理科の時間で習ったように宇宙に出てしまうのだろうけれど、真吾はそういった答えを求めているのではないだろうと、廉は思った。

「何があるんじゃろうのう。あまり考えたことないけんなあ。どうしたんぞ?」

「何となく、さっきから考えよったんよ。あの雲の向こうには、何か、すごく大事ものがあるような気がするんよ。何やろなあ」

真吾はよく夢見心地なことを言うからな、と廉は思う。

それに対して、廉のほうは現実的だった。

「俺はな、早う軍隊に入って、あの雲の向こうまで飛んで行きたいと思うとる」


二人が、石手川の土手でそういう話をしてから、わずか数日後だった。

朝礼の時間に、校長と一緒に現れた教官が、十四歳から乙種飛行兵を募集することになったむねを告げたのだ。

「お国の一大事であるから、天皇陛下の赤子である諸君は、ぜひ、応じてもらいたい。日本男児である以上、自分のなすべきことは何かをよく考え、ご両親と相談の上、必ずや願書を提出してくれるものと信じている」

教官は、そんなふうに言った。

教室中が、ざわざわしていた。

（やはり、そういうことになってきたか）と、真吾は思った。

真吾たちは中学二年だから、ちょうど該当するというわけだ。

帰り道、廉は、妙に興奮していた。

「俺は、応募するぞ。この時を待っとったんじゃ」

「でも、長男はいかん言うとったやないか。お前、長男じゃろうが」

廉は、父一人、姉一人の三人家族だった。

母親は、廉がまだ小学生の頃に亡くなり、その後、大工の父親に男手一つで育てられてきた。

父親は腕のいい大工だったけれど、二年前に召集されて左足の太股に銃弾をうけ、内地に送り返されてきたのだった。

以来足が不自由になり、以前のような仕事はできなくなっていた。ちょっとした下請けの仕事を、寡黙にこなしている廉の父親の姿を、真吾は、よく見かけた。

戦争が始まる前、高い棟木の上に、何の苦もなくスルスルと上り、魔法のように家を建てあげていく廉の父親の姿はとても恰好よかった。

「あの家は、俺の親父が建てたんじゃ。俺も、親父の後を継いで、大工になるからな」

小さい頃から、廉はよくそう言っていた。廉の、自慢の父親だった。

その頃の姿を知っているだけに、

（お父さんは、さぞ、悔しいだろうな）と、子供ごころに真吾は思っていたのだ。

「長男のお前がいなくなってしもうたら、親父さん困るやないか」

「なんで困るんぞ。むしろ、行ってこい言うはずじゃ。親父は、昔気質の男やけん、お国のために立派に戦ってこい言うわ」

廉は、小さい頃、ケンカして負けて泣いて帰ったことを思い出していた。

父親は、日頃からケンカをしてはいかんと言っていた。

「ただし、やるなら勝て。負けて帰ってきたらゆるさんぞ」

そして、その言葉どおり、廉はメチャクチャに叱られ、あげくに「勝つまで帰ってくるな」と締め出されてしまったのだ。

目の前でピシャンと戸が締まり、赤くそまった石手川の土手をとほうにくれてトボトボと歩いたことを、廉は今でも覚えている。

結局、腹を決めて相手をもう一度呼び出し、もう一戦交えたのだった。

帰った廉を、父親は黙って迎え入れた。勝ったか負けたかは、聞かなかった。

その時、廉は、男の責任の重さを知った気がした。

「それは違うわ。俺だって、時がきたら戦地にいかにゃいかん思うとる。けど、なんで今行くんぞ。俺は、中学生は中学生の役に立ちかたがあると思う」

「なら、それは何ぞ？　言ってみろ。俺には、わからん」

「なあ、廉。お前、家のことを考えたことがあるんか？　長男のお前が行ってしもうたら、誰が家を継ぐんぞ」

「姉ちゃんが、おる」

「姉ちゃんは、女やないか。嫁にいってしまうやろうが。その後、どうなるんぞ」

「うるさい！」

突然、廉が声を荒げた。

廉が、真吾に対して声を荒げたのは、長い二人の付き合いの中で初めてだった。

「俺は、親父の仇を討ちたいんじゃ！　かあちゃんの仇も討つんじゃ」

こんなに、激昂した廉を見るのは初めてで、真吾は二の句が継げなかった。

「空襲で、かあちゃん居らんようなって、親父も、戦地で足やられて、歩くの不自由になったんぞ。俺は、悔しくてたまらん！　飛行機乗りになって、アメリカの軍艦に体当たりじゃ。仕返ししちゃる！」

「ま、まてよ、廉」

言いたいことが、頭の中で渦を巻いていたが、やっとの思いで口を挟んだ。これも、真吾にしては珍しいことだった。今言わなければ、廉は本当に実行に移してしまいそうで怖かった。

「自分の足が不自由になって、その上、お前まで乙種飛行兵に行ってしもうたら、親父さん悲しいぞ。条件の合う奴は、沢山おろうが」

とたんに、真吾の左頬が鳴った。

廉は眉を釣り上げて、真吾を睨んでいた。

「親父は、そんな女々しい男やない！　俺の仇を他人に討ってもらうつもりは、ないわ。俺は、自分の大切なものを、これ以上壊されたくない！　これ以上、悔しい思いもしたくない。自分が行かんと、納得できんのじゃ！」

廉はそう言い残すと、すごい早さで走り去ってしまった。

初めてしたケンカだった。

思い込んだら一直線の廉らしくはあったが、真吾は自分の思いをうまく伝えられなかったことが、心残りだった。

「自分の、大切なもの、か……」

真吾は、廉に殴られた左の頬を押えながら、その場にたたずんでいた。

廉は、その夜、夕飯の時に、早速きりだした。

「今日、学校で乙種飛行兵の募集の話を聞いたんよ。今年から、十四歳から応募できるようになったけん、俺、応募するわ」

父親の手がピクリと動き、顔色が心なしか変わったようだった。二つ返事で、許してくれると思っていたのに、意外だった。

「なあ、いいやろ？　俺、かあちゃんと、とうちゃんの仇討ってやる」

廉はさらに重ねて言ったが、やはり返答はなかった。

「廉、その話、うちも学校でちょっと聞いたけど、長男以外やなかったっけ？」

姉の由紀子が、横から口を挟んだ。

「先生はそう言うとったけど、親の承諾があれば、ええんじゃ」

「なら、無理に行かんでも……」

「俺は、行きたいんよ。なあ、いいやろ、父ちゃん。願書書いてくれよ」

父親は、やはり何も言わず座っていたが、急に立ち上がって、隣の部屋に行ってしまった。

「何でや？　親父らしくもない……」

廉は、父親の態度が理解できなかった。

始めたケンカは、必ず勝てと言ってたくせに、なぜ何も言ってくれないのだろう？　昼間の真吾といい、全く訳がわからない。

廉は、自分の部屋で明かりもつけないで、寝転んでいた。お国のために戦いに行くと言っているのにあの態度はなんなんだ。まるで、非国民やないか！

「ねえ、廉。もう寝たの？」

声がして、姉の由紀子が入ってきた。

「寝てないんなら、うちの話聞いてよ」

「なんぞ、姉ちゃんも反対なんか？」

廉は、不愉快だった。

「正直に言うわ。反対よ」

「何でぞ？　何がいかんのぞ？」

「あんた、父ちゃんの気持ち考えた？」

由紀子は、廉とは年子で一歳しか違わないけれど、猪突猛進な廉に比べ、随分落ち着いて大人びていた。

母親が生きていた頃、「とても、一つしか違わないとは思えないねえ」と、よく言っていた。

「父ちゃん、何であんたを、中学に行かせたと思う？」

「え？」

「父ちゃん、大工の棟梁やったやろ？　腕がよくて、あっちこっちから、注文がきてたよね？」

「うん」

「それが、戦争に行って、足怪我してからは、あんまり仕事できんようなったよね。その時、うちらには、怪我しても関係ない職業につかせたいと思ったんやって」

ああ、それで突然、中学受験のことを言いだしたのかと、廉はやっと合点がいった。

廉が後を継いで、大工になることを望んでいると思っていたので、急に中学のことを言われて驚いたが、そういえば、父親が怪我をして戦地から帰ってきた後のことだったと思った。

「父ちゃんは戦争に行って、それがどんなもんか、よう解っとるんよ。かわいい廉を、何も好き好んで行かせたくないんや思う。このご時世、表だってそうは言えんから、苦しい思うよ」

「俺は、自分の大事なものを守るために、戦争に行きたいんじゃ」

「大事なものって、何?」

「いっぱいあるわ。父ちゃんも、姉ちゃんも、それから、真吾もかな……」

「ならわかるやろ? 父ちゃんの大事なものは、母ちゃんとうちらやった。なのに、母ちゃんは守れんかった。その上、あんたまで、とられたくはないやろ!」

昼間に真吾と口論をしたときに、自分が言ったこととは逆だ。

廉は、大事なものを守りたいから行きたいけれど、廉を大事に思う人にとっては、だから、行かせたくない……。真吾が言っていたのは、こういうことだったのだろうか? 廉は、言葉につまってしまった。

それから一週間、廉は気持ちを決めかねて、悶々とした日々を送った。

父親は、何も言わなかったし、姉の由紀子はハラハラしながら廉を見ているようだった。

俺は、もう子供やない！　自分の行く道は、自分で決める！　何度も、そう思うのにそこから先に行動を移せない自分が、はがゆくてたまらなかった。

一度決心したことで、こんなに悩むのは、ついぞなかったことだった。

（大事にしたいから、行きたい。大事だから、行かせたくない）

どちらも真実のように、思える。こんな時、一番に相談したいのは真吾なのに、あの日以来、気まずくて話をしていなかった。もししたとしても、この前と同じ返事だろう。真吾は優しいヤツだから、自分のまわりの誰を失うことも望まないだろう。

「ああ、俺はどうしたらええんじゃ！」

人の命の重みの選択だと、思った。

母親なら、なんと言うだろう。今は亡き母のことを考えてみた。決して裕福な暮らしとはいえなかったけれど、父と母と姉と自分の生活は楽しかった。

家族の形が変わるなどと、考えもしなかった……。

「父ちゃんは、母ちゃんを亡くしたとき、すごい悲しかったやろな。たぶん、俺たちよりもっと……」

そう考えたとき、やはり、願書は出せないと、思った。　行かない親孝行もあると、思った。

願書を出さないと決めた日から、廉は高熱を出した。医者の診断は、はしかだということだった。二週間の出席停止になり、廉は熱にうかされ、朦朧としたまま寝たり起きたりを繰り返した。食事も、ほとんど口にできなかった。

誰かが、額のてぬぐいを何度も取り替えてくれるのがわかった。

(誰やろう？　母ちゃんかな？)

そして、思った。

(そんなわけ、ないな)

そんな中、夢を見た。

季節は、夏だろうか。セミが鳴いていた。

麦わら帽子をかぶり、家の奥に向かって、声をかけた。

「かあちゃん、真吾と魚釣りに行ってくるわ」

母親が、炊事場から、手をふきふき出てきた。

「気をつけて行っといで。あんまり、遅うならんように、帰っといでよ」

場面は変わって、廉は真吾と二人で、石手川の上流の秘密の場所にいた。

小さい頃、真吾とよく魚釣りに行った場所だった。

「俺、今日は魚は釣らずに、絵を描くわ」

「そうか。じゃあ、俺がお前のぶんまで釣っちゃるけん、いい絵を描けよ」

魚は、おもしろいように釣れた。

「見てみい、真吾。大漁じゃ！」

ビクの中は、たちまちいっぱいになった。

「今日は、なんの絵を描きよるんぞ？」

廉は、絵を覗き込んだ。そこには、スケッチブックいっぱいに雲の絵が描かれていた。

「なんや、川の絵を描きよるんか思うとったわ。お前、ここで描くときは、いつも川や魚の絵を描きよったろうが」

真吾は、いつもの笑顔でおっとりと答えた。

「今日は、この絵が描きたかったんよ」

それは、真っ青な夏空にもくもくと湧き上がる入道雲の絵だった。

「なあ、廉。この雲の向こうに何があると思う？」

「え？」

廉は、ドキッとした。

「俺、この雲の向こうに行ってみようと思うんよ」

「え？　おい、ちょっと待て、真吾！」

その時、急に空が曇って、どしゃぶりの雨が降り始めた。

「大変じゃ。あそこの洞穴まで走れ」

二人は、大急ぎで洞穴まで走った。穴の中に走り込んだとき、大きな音をててカミナリが鳴った。

「びっくりしたなあ。通り雨やけん、やんだら、もう帰ろうや、真吾」

そう言って、隣を見たが、今までいたはずの真吾はいなかった。

「し、真吾。どこ行ったんぞ？」

慌てて、周りを見回したが、真吾の姿はなかった。

「しんご、しんご。どこにおるんじゃ？」

そこで、廉は目を覚ました。

父親と姉が、心配そうに覗き込んでいた。

「大丈夫、廉？　大分、うなされとったよ」と、姉が言った。

びしょり、寝汗をかいていた。

気分の悪い夢だった、と思った。


二週間が過ぎ、しばらくぶりに登校した。

同級生の松村が、ニヤニヤしながら近寄ってきた。

「珍しいのう、廉。元気がとりえのお前が、休むなんてな。はしかやったって？」

「おう。えらい熱が出て、死ぬかと思うたぞ」

廉は、軽く受け流した。

「鬼の撹乱というヤツか？」

「おう、そうかもしれんわ」

そう答えながら、廉は、目のかたすみで真吾の姿を探した。

目の届く範囲には、いないようだった。そのうち、やってくるだろうと思った。

あのおかしな夢のこともあるし、この間のことは、とりあえず謝まろうと思った。

しかし、始業の鐘が鳴っても真吾は来なかった。ホームルームが始まり、やがて授業が始まっても、やはり真吾は来なかった。

後ろから二番目の真吾の席は空いたままで、先生も級友たちも、そのことについて話題にすることもなかった。

（どうしたんだろう？）と考えて、そうかと思い当たった。

真吾も、はしかにかかったのだ。だいたい、いつも一緒にいたのだから、なって当然だろう。

（何だ。考えすぎか）

しかし、二日経っても三日経っても、真吾は来なかった。

真吾の家に行くのも、何となく足が重かった。が、さすがに五日目に入った時、気になるので松村に聞いてみることにした。

「なあ、松村。真吾、なんでずっと休んどるん？」

「え？　お前、知らんのか？　あれだけ仲よかったのに、てっきり知っとると思うとった」

「え？　なんのことぞ？」

「あいつ、乙種飛行兵に出願したんじゃ」

「え？　真吾がか？」

「おう。それで、合格して入隊が決まったけん、もう、学校には来んわ」

「なんでぞ、なんで真吾が、行くんぞ！」

「お前が知らんのに、俺たちが知るわけないやないか。あいつ、のんきやし、そういうタイプとは思わんかったけん、みんなびっくりしたわ。あと、島崎と野村も合格したんじゃ」

頭が、真っ白になった。

自分があの日言いださなければ、真吾はそうしなかっただろう。人と争うのが嫌いな真吾が、乙種飛行兵になりたいとは思わないはずだ。

出願したかったのは、自分だったのだ。それなのに、どうして……。

あの変な夢は、これだったのか。

自分がそうさせたような気がして、後悔の念が突き上げてきた。

廉はその日学校から帰ると、カバンを放り投げて真吾の家へと走った。

「おばさん、おばさん、真吾は？　いつ入隊するん？」

「ああ、廉君、来てくれたん？　真吾、二階におるんよ。上がってみて。明後日、入隊することになってねえ。家も、バタバタしとるとこよ」

「お、おめでとうございます」

大人たちがそういうふうに言っているので、廉もそうしてみたが、おばさんはなんだか悲しそうに見えた。

申し訳ないような気がして、廉は階段を駆け上がった。二階に上がって、廊下の端の真吾の部屋に入った。

真吾は、窓際に座って絵を描いていた。入ってきた廉を見て、真吾はいつものようにニコッと笑った。

「廉、はしか、もう治ったんか?」

「おう、治った」

何から言っていいものやら、いざとなると言葉が口から出てこない気がした。

「どうしたん?　血相かえて?」

真吾は、普段の真吾となんら変わるところはなかった。

「お、お前、乙種に入隊するって本当か?」

「うん。あれから、願書出して、試験受けにいったんよ。俺みたいなんでも、合格できたわ」

「おまえ、そんなこと言うてなかったやないか。行くって言ったのは、俺やろうが」

「俺、次男やしな、条件は合うとるやろ。俺が行って来るから、長男は家にいろ」

「何言うとんぞ。おばさん、悲しむやないか。口に出しては言えんけど、つらいはずじゃ」

言いながら、この間と逆のことを言っているのがつらかった。

真吾は、このことを言っていたのだ。身につまされる思いだった。

「廉、俺な、あの雲の向こうに行って見よう思う。帰ってきたら、どんなところやったか教えてやるわ。楽しみに待ってろ」

「お前、画家になりたいんやなかったんか！」

「ああ、なりたい。でも、帰ってからでええわ。俺にも、守りたいもんはあるからな」

廉は、どうして真吾がこんなに穏やかなのか、わからなかった。

小さいときから、おとなしくて頼りない真吾を守ってやっているつもりだったが、もしかしたら、逆だったのかもしれないと、思った。

「入隊したら、もう、描けんやろうと思って絵を描きよったんよ。ちょうど、今、描きあがったところやった」

そう言って、真吾が見せたのは、独特の淡い色使いで描いた、あの二人の秘密の川だった。今まで廉が見た中で、一番きれいな絵だった。

廉は、ドキッとした。

（真吾、俺な、ここに二人で行く夢みたんじゃ。ごめんな。お前、俺の代わりに行ってくれるんよな）

廉は、心の中でそうつぶやきながら、涙をこらえた。

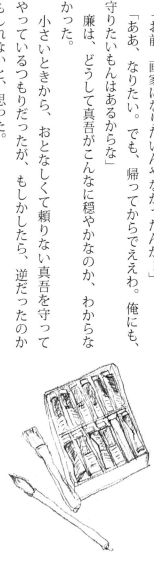

それから、二日後、真吾は入隊していった。

松山駅のホームから汽車に乗り込む真吾は、やっぱり、いつものように笑顔だった。

「廉、じゃあな」

笑顔で手をふる真吾の姿が涙でぼやけ、汽車は、だんだん遠ざかっていった。

廉が、真吾の戦死を知ったのは、その数カ月後だった。

〝みごと敵艦に体当たりした〟と、あの、真吾を叱り飛ばした横山教官が、朝礼の時、誇らしげに報告した。

（こいつら、人の命を何と思うとるんじゃ。真吾は、もう、帰ってこん。一緒に、釣りにも行けん。絵も見れん。俺が、今、仇を討ちたいんは、お前らと、俺自身じゃ。畜生！）

とても、その場にはおれず、廉は学校から走り出た。

後ろから、「こら、何しとる！　戻らんか！」という怒声が聞こえたが、構わなかった。

よく、真吾がスケッチをしていた石手川の土手に来て、寝転んだ。

青い空に、真っ白な雲が浮かんでいる。

「真吾、お前の守りたかったものは、何ぞ？　それは、守れたんか？」

いくら問いかけても、返事が返ってくるはずは、なかった。

「あいつは、あの雲の向こうに行ってしまった……」と、廉は思った。

TWIN SOUL

私の心は、まだ、決まっていなかった。

明日には彼に返事をしなければならないというのに、私の気持ちは、まだ、ゆれていた。

そして、何かに引き寄せられるように、この場所に来ていたのだった。


それは、ちょうど一週間前だった。

私は、出勤途中の人込みの中で、幼なじみの英ちゃんに会ったのだ。中学二年の春、お隣りから引っ越していってから、およそ、十五年ぶりの再会だった。

「おーい、あきちゃーん！」

信号が青に変わり歩きはじめた時、私は誰かに呼ばれ立ち止まった。

前から歩いてくる集団の中で、ワイシャツ姿の男性が、私に向かって手を振っていた。

彼は、ひとごみをかきわけながら、私の方に一直線に走ってきて、少し息をはずませながら、言った。

「ほら、やっぱり、あきちゃんだった！　すぐ、わかったよ、ぼく」

メガネの奥で、優しそうな目が笑っていた。中学生の頃と、少しも変わっていなかった。

驚いて面食らっている私をよそに、英ちゃんは、にこにこしながら続けた。

「だって、あきちゃんのとこだけ、光が射したみたいに明るくなってたんだ。

ほんとだよ」

彼をみつめながら、私は、彼の、優しくて柔らかい雰囲気を、思い出していた。

「あきちゃんが、大阪にいるの知らなかったよ。まさか、こんなところで出会うなんてね。

出勤の途中だよね？　今、何やってるの？」

学生服を来ていた頃の英ちゃんと、面影が重なって見えた。人懐こい笑顔も、おっとりした
話し方もぜんぜん変わっていないのが、かえっておかしくて、私は少し微笑みながら、答えた。

「中学校で、英語教えてるの」

私は、大阪の外国語大学を卒業したあと、中学校の英語教師になっていた。

「へえ、すごいね。それ、小さい頃からの、夢だったよね。がんばったんやね」

英ちゃんは、目を真ん丸にして言った。

そういえば、そんな話をしたことがあったっけ……。

覚えていてくれたんだなと思うと、うれしかった。

「ひでちゃんは？　どうしてるの？」

「ぼくはね、新聞社に勤めてる。記者なんだ」

英ちゃんは、少し肩をすくめて答えた。てれくさい時にする、昔からの癖だった。

「すごいね、ひでちゃん。ひでちゃんも、夢をかなえたんやね」

彼は子供の頃から、よく、「新聞記者になりたい」と、言っていた。自分で新聞を切り抜いて、スクラップ帳をいくつも作っていた。遊びに行くと、それを開いては、にこにこと説明をしてくれたものだった。

「ぼく、今から、東京に出張なんだ」

彼は、そう言いながら、カバンから手帳を取り出して何かを書いた。

「一週間したら、戻ってくる。それから、一ヵ月後に、東南アジア支局に出向することになってるんだ。あきちゃん、今のあきちゃんの状況を、何も聞かないで言うよ。ぼくに、ついて来てほしい」

私は、とっさに、何を言われたのか理解できなかった。

え？　なに……？　何て言ったの……？

「今度会ったら、言おうって決めてたんだ。一週間後の日曜日、十二時に、この交差点で待ってる。もし、来れないなら、この番号にかけて。これ、ぼくの携帯番号」

彼は、そう言って手帳を破って、私に渡した。

「じゃあ、待ってるからね！」

英ちゃんはそれだけ言うと、私と反対の方向へ、足早に歩いていってしまった。

私はわけがわからず、あっけにとられたままで、後に残されていた。

ちょっと強引なところも昔のままだけど、十五年ぶりに会って、いきなりそんなことを言われても、いったいどうしたらいいのよ？　確かに、幼なじみでよく一緒に遊んだけど、今は、私にはもう、別の生活があるんだから……。

そして、その夜、私は久しぶりに〈あの夢〉を見たのだった……。


私の父は、転勤族だった。

私が幼稚園の年中組に入園する頃、私たち家族は、小さな港町の社宅に住んでいた。かなり古い三階建ての集合住宅で、洗面所が、ベランダについていた。

幼かった私は、それが普通だと思っていたが、友達の家に遊びに行ったとき、おふろ場の横にあるのを見て、とても驚いた。後になって、普通はそこにあるものだということを、知った。

母は、「遠くから見ると、まるで廃屋なのよね」と言ってなげいていたが、私は、けっこう、この町が気に入っていた。

港に行くと、たくさんの漁船が繋がれていて出漁の時を待っていた。荷役船が来ることもあっ

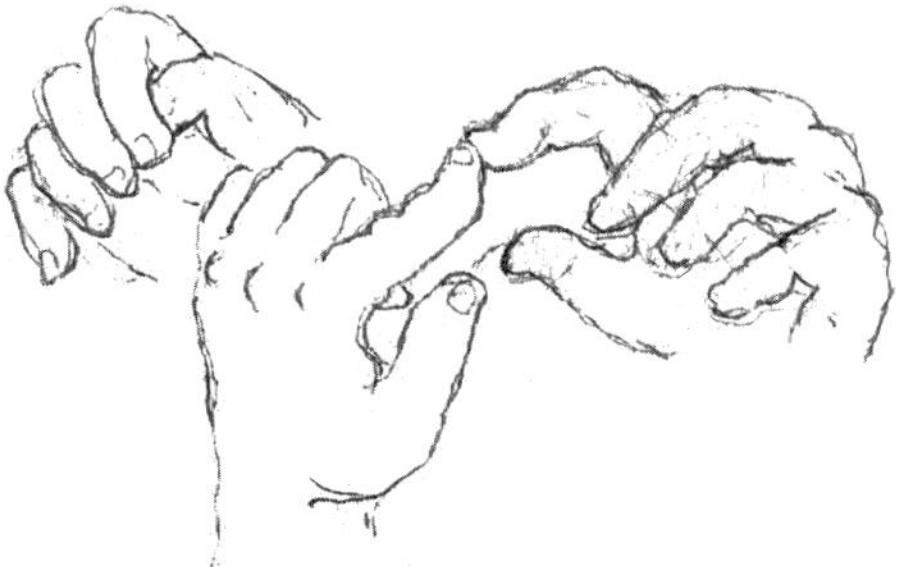

たし、フェリーが来ることもあった。

港は、いつも賑やかだった。

潮のかおりと、活気が、そこにはあった。

ところが、ひとつ町中に入るとその喧噪は消え、大きな造り酒屋や旅館、神社などがしっとりと軒を連ねていた。造り酒屋の大きなレンガの煙突は、遠くからでもはっきり見え、ときどき、そこから煙をはきだしていた。

二つの全く違う表情をもつこの町は、小さな私には、なんだか不思議な、楽しい場所に思えたのだった。


英ちゃんの家族は、その頃、同じ社宅のお向かいの部屋にすんでいた。

同い年で一人っ子同士だったこともあり、私たちは、よく一緒に遊んだ。

春になって、私たちは、社宅の近くのキリスト教の幼稚園に入園することになった。

入園式の日、私は、母から離れてたくさんの知らない子たちの中にいるのが不安で、ずっとべそをかいていたが、英ちゃんは全然平気で、いつもと変わらず、にこにこしていた。

入園式の写真には、泣き出しそうなのをこらえて、口をへの字に結んだ私と、少し癖毛の前髪で、にこにこ笑っている英ちゃんが、写っている。

「あきちゃーん、幼稚園にいこう！」

私が、行くのを嫌がってぐずっていたこともあり、英ちゃんは、毎朝呼びに来てくれた。

当時は、幼稚園バスなどなかったので、私たちは幼稚園のカバンを肩にかけ、フェルトの帽子をかぶって、毎朝一緒に出掛けた。

私がぐずぐず歩くので距離があいてしまうのだけれど、英ちゃんは、ひとつ先の電信柱のところで、いつも、止まって待っていてくれた。

その姿を見ると、不思議と安心した気持ちになって、私はまた、幼稚園に向かって歩きだせるのだった。

幼稚園では、毎月、誕生会がひらかれた。

その月に生まれた子は、名前を呼ばれ、園長先生からプレゼントを渡してもらえるので、みんなとても楽しみにしていた。

私は三月生まれなので、なかなか順番がまわってこなかったが、ようやく三月になり、朝から、そわそわしながら幼稚園に行った。

ステージは金銀のモールできれいに飾られ、プレゼントも置かれていた。誕生月の子供は、名前を呼んでもらって、ステージの上に上がるのだ。

私は、どきどきしながら、その時を待った。

あか組さんの先生が、前に出て言った。

「今日は、三月生まれのお友達の、誕生会です。みんなで、お祝いしましょうね。では、名前を呼ばれたお友達は、ステージにあがってくださいね」

（さあ、いよいよ呼ばれる！）と思った。

私は、三月一日生まれだからだ。

「では、一日生まれのお友達は、『田代　英之』ちゃんと、『中村　あき』ちゃん」

私は、とても驚いた。英ちゃんも一日生まれだとは、知らなかったからだ。

英ちゃんも、同じらしく、

「なーんだ。あきちゃんも、一日だったんだ！」と、言った。

そう、この日、私たちは、同じ日に生まれたことを、知ったのだった。


そうして二年が過ぎ、幼稚園を卒園した春に父は転勤になり、私たち家族は、引っ越しすることになった。

父と母は、もうそろそろだと思っていたようだが、私にとっては、物心がついてから初めての経験で、不安でたまらなかった。

大人たちは忙しそうに動き回り、部屋の中には、毎日新しいダンボールの箱が積み上げられていった。

自分の暮らした家が、だんだん知らない空間に変わっていくのを見ているのがつらくて、私は、一回で、〈てんきん〉というものが嫌いになった。

英ちゃんのおばちゃんも、手伝いにやって来た。

おばちゃんは、私を見て、

「あきちゃん、一緒の小学校に行けると思っていたのに、残念だったねえ。英之も寂しがっているのよ」と、言った。

そう言われて、(そうだ、英ちゃんとは、もう会えなくなるんだ!)と思ったとき、急に悲しさがこみあげてきて、私は泣き出してしまった。

おばちゃんは、困ったような顔になって、一緒について来ていた英ちゃんに、

「英之、あきちゃんと一緒にお家に帰っといて。おやつ食べてから、遊んでてね」と、言った。

いつもなら、うれしいことのはずなのに、英ちゃんが、戸棚からおかしを出してくれても、食べる気にはなれなかった。

テレビをつけたり、ゲームをもって来てくれたりしたけれど、楽しくないばかりか今度は、こうしている間に、自分一人だけ置いていかれたらどうしようという不安で、頭がいっぱいに

なった。

私は、べそをかきながら、

「お家にかえる！」と、言った。

英ちゃんは、あわてて、

「ダメだよ。ぼくんちにいないと、叱られるよ」と言ったが、私は、聞かないで、さらに
「お家にかえる！　お母さんのとこに行く！」と言ったので、今度は、自分が宝物にしているブリキのヘリコプターをもって来た。

「ほら、あきちゃん、かっこいいよ、これ。この羽根、閉じれるんだよ。見て」

英ちゃんが、なんとか機嫌をとろうとしてくれているのは分かったけれど、ヘリコプターに興味はなかったし、家に帰りたいという気持ちでいっぱいだったので、私は、見向きもしなかった。

「ここのとこ、まわるんだよ、ほら。かっこいいやろ？　これ。見て。さわっていいよ」

英ちゃんは、一生懸命プロペラを回してみせてくれたりしたけれど、私がずっと、べそをかいているので根負けして、とうとう、私の家に帰ることになった。

ドアを開けると、ちょうどタンスの梱包をしているとこで、案の定、私たち二人は叱られた。

「あき、ひでちゃんのとこにいなさいって言ったでしょう！　じゃましないで！」

「英之、あきちゃんと一緒に、お家で遊んでなさいって言ったでしょう！こっちに来たら、ダメ！」

私たちは、しゅんとして、英ちゃんの家に戻った。

もとはといえば、私のせいだったのだけれど、英ちゃんは、言いつけることはしなかった。


次の日の朝、英ちゃんは、あのおもちゃのヘリコプターをもって来て言った。

「これね、ぼくの宝物だけど、あきちゃんにあげるね」

そして私は、だまったまま、それを受け取った。

その二日後、私たち家族は、父の次の転任地へと、出発したのだった。


次に英ちゃんに会ったのは、小学校三年の時だった。

お父さんの転勤で、また同じ社宅のお向かいに、引っ越してきたのだ。

母親たちは、

「なんだか、ご縁がありますねえ」と言っていた。

英ちゃんは、背が伸び、日焼けして真っ黒になっていたけれど、あの癖毛の前髪も、おっとりした雰囲気も、全然変わっていなかった。

「英之ちゃん、色が黒くなったのねえ」

母がそういうと、英ちゃんは照れくさそうに肩をすくめて、笑った。

「前のところは、海が近かったでしょう？　夏休みなんか、朝から晩まで海に行って、帰ってこないんだもの。そりゃあ、黒くもなるわよねえ」

おばちゃんにそう言われたので、英ちゃんは、少し口をとがらせて、

「それほどじゃあ、ないよ！」と言った。

「そう？　浜でウニを踏んで、大泣きして帰ってきたのは、誰だったかしらね？」

「もう！　それを言ったらダメだよ！　言わない約束でしょ！」

英ちゃんは、もうこりごりというふうに、もう一度、肩をすくめ、逃げていってしまった。

浜から社宅まで、泣きながら歩いている英ちゃんを想像すると、おかしくもあり、ほほえましくもあった。

「ひでちゃんらしいな」と、思った。

「あきちゃん、こっちのこと、英之なにもわからないからいろいろ教えてやってね」

英ちゃんのおばちゃんに頼まれて、次の日から、私たちは一緒に登校することになった。

並んで歩いていると、なんだか不思議な気分だった。

向かっている先が小学校だという違いはあるけれど、幼稚園の頃から、ずっとこうやって一緒にいたような感覚だった。

もちろん、私はもう、学校に行くのを嫌がって泣いたりはしないけれど、時間が後戻りしたみたいだと思った。きっと、英ちゃんもそう思っていたことだろう。

英ちゃんにもらったヘリコプターは、ずっと机の上の本棚の横に飾ってあった。

それを眺めていると、いつも、英ちゃんがそばにいるような気がしたものだった。

けれど、こうして、またお向かい同士になったのだから、もとの持ち主に返しておこうと、私は思った。

学校から帰ってから、私はそれを持って英ちゃんのところに行った。

「ひでちゃん、これ」

思わぬものを差し出されて、英ちゃんは驚いたようだった。

「これ、宝物だったよね」

「ああ、あきちゃんにあげたんだったよね。まだ、持っててくれたんだ」

「大切にしてたでしょ。ほんとの持ち主が持ってた方がいいと思うから、返すね」

英ちゃんは、懐かしそうに手にとり、羽根を回した。

「お母さんに、『あきちゃんに、あげた』って言ったらね、『女の子はヘリコプターには、興味ないと思う』って言われてショックだったんだ」

「そんなことはないけど、ひでちゃんが持ってたほうがいいよ」

「うん。じゃあ、そうする」

英ちゃんは、ヘリコプターの羽根を折り畳み、大事そうにしまった。


英ちゃんは、こっちの小学校にもすぐに馴れ、友達もたくさんできていた。毎日、男の子の友達と、社宅の裏山で探検ごっこをしたり、自転車で遠出をしたりで、私との接点はあまりなくなっていた。


その日、学校から帰って、私がひとりで留守番をしていると、珍しく英ちゃんがやって来た。

「あきちゃん、裏山にどんぐり採りに行こう」

「今、留守番してるから行けない」

「学校で、『秋の草花を持ってきなさい』っていわれたやろ。裏山で、どんぐりがいっぱいあるとこ見つけたんだ」

「お母さんに、聞いてからじゃないと、行けないもん。それに、すこし雨降ってるし」

「どんぐり採って帰るだけだから、すぐだよ。大丈夫だよ。行こうよ。日がくれちゃうよ」

「うん……」

黙って出掛けると、母に叱られるかなと思ったが、すぐ帰るのだからと思い直し、私は腰をあげた。

社宅の裏山に登ると、小さな古池がある。その横の小道を少し入ったところに、秘密の場所があると、英ちゃんは言うのだった。

社宅の裏側に回ると、小さな苔むした石段がある。

横に並ぶと、歩きにくいくらいの幅で、子供の私にとっては結構長く続いていた。

英ちゃんは、いつも遊んでいるので手慣れたもので、さっさと上に登っていくので、私は、追いつくのに必死だった。

ようやくにして、上までたどり着いたとき、目の前にさっと視界が開けた。

小さな古池を囲むように、もみじが重なり、紅葉している。

水面には、その枝々が映りこみ、岸辺に散ったもみじの葉が積もって真っ赤だった。

「わあ、きれい！」

（こんな景色見たことない、夢の中みたい）と思った。

「あきちゃん、こっちだよ」

対面の向こう岸から、英ちゃんが手招きしていた。

「うん。待って」

少し降っていた雨がやみ、古池の上にさあっと虹がかかった。

「ほんとに、夢の中みたい」

私は、あまりに綺麗な景色の中でしばらく、うっとりとたたずんでいた。

「あきちゃん、早く。遅くなるよ」

英ちゃんの声で我に返り、虹を見つめたまま一歩ふみだしたとき、足元がすべった。

あっと思う間もなく、私は、古池の中に落ちていた。

虹に見とれて、足をふみはずしてしまったのだ。

「ひでちゃん、ひでちゃん！」

私は、必死だった。なんとか、池の縁に手をかけようとするのだけれど、長袖の服が水を吸って重くなり、思うようにならなかった。

「あ、あきちゃん！」

英ちゃんが、慌てて池の周りを走ってきた。

手を伸ばそうとするのだけれど、水際の土がすべって踏ん張れない。木の枝を探してきて、私にさしだした。

「あきちゃん、これに掴まって！」

枝は、短すぎて届かなかった。

私は、パニックになってもがいた。英ちゃんの泣きそうな顔が、見えた。

岸辺の草を掴んでも、水でゆるんでいて抜けてしまってすがれなかった。

手も足もしびれてきた。

頭が真っ白になって、朦朧としてきた。

（留守番してなさいって言われたのに、言うことをきかなかったからだ……）

母の顔が頭によぎった。

もうダメかもしれない……と思ったとき、男の人の声がひびいた。

「どうしたんや！」

たまたま作業に来ていた、農家の人らしかった。

「あーあ、じょうちゃん、びちゃびちゃや」

おじさんは、そう言いながら、池から引っ張りあげてくれた。

（ああ、助かった……）と思ったとたん力がぬけて、私は、その後のことは覚えていない。

おじさんにおんぶされて、社宅に帰ったらしかった。

その夜から、私は熱をだした。

英ちゃんが、おばちゃんに連れられて、謝りにやってきた。

「英之が、あきちゃんに大変なことをしてしまって……。申し訳ないことです」

私は、熱で動けなかったので、母が応対していた。

英ちゃんのおばちゃんの声が、寝ている私のところにまで聞こえてきた。

「ほら、英之、謝りなさい」

「ご・め・ん・な・さ・い」

英ちゃんは、泣いているらしく、ときおり、しゃくりあげる声が聞こえた。

「いいんですよ。大事にはいたらなかったんだし。あきも、私のいいつけを守らなかったのも悪いんだから。英之ちゃん、もう、泣かないで。あきは、大丈夫だから」

母にそう言われても、英ちゃんはまだ泣いていた。

なんだか、悪いような気がして、私は、ふとんを頭の上まで引っ張りあげた。

あれだけ恐いめにあったというのに、私の頭の中には、あのときの、夢のようにきれいな景色がひろがっていた。

真っ赤に染まったもみじと、青い水面。そして、池の上にかかった七色の虹……。きっと、あの瞬間にだけ生まれた景色だったのだろう。

ふと、（ひでちゃんも、あの虹を見たのだろうか）と、思った。

もし、見ていたら、あの夢のような空間にいたのは、私と英ちゃんふたりだけだったことになる。

なんだか不思議な気がして、（ひでちゃんも、見ていたらいいのにな）と、思った。

もう一度、あの場所に行きたいと思ったが、裏山に行くのは禁止されてしまい、なんとなく、英ちゃんとも疎遠になっていった。

そして、あまり話をすることもないまま、英ちゃんは、五年生の春に引っ越していった。


二回目の、別れだった。


それから、私は中学生になり、バレーボールに熱中した。

そういうことがあったことも、英ちゃんのことも、記憶の片隅におしやられていった。

ある日、部活動を終えて家に帰ると、母が複雑な顔で待っていた。そして、

「あきの、嫌いなものが来たわよ」と、言った。

「え？　もしかして、転勤？」

「そう。大当たり」

母は、少しおどけて言った。

「お父さんの仕事だから仕方ないけど、あきも、そろそろ受験だから、次には考えないといけないね」


そして、中学生一年の春に、私は二回目の引っ越しをした。


次に移り住んだところは、私が生まれた港町によく似ていた。

海の近くで、後ろには、もう山がせまってきていた。山にはみかんが植わっていて、冬になると、収穫で大忙しになるということだった。

町の大半の人々が、漁業かみかん農家らしかった。

大きく息を吸い込むと、潮の香りがした。

なつかしい匂いだ、と思った。

私が物心ついた頃には、この匂いがあったのだ。海の匂いと、ポンポン船の焼き玉の音は、私を、遠い昔に引き戻してくれるようだった。

（ひでちゃんが、いてくれたらいいのにな）と、どこか心の片隅で思っている自分に少し驚いていた。

巡り合いというのは、こういうところにあるのかもしれない……と、後になって思う。

今度、私たちが住むことになった家は、集合住宅ではなかった。会社が借り上げている、一戸建ての小さな庭つきの一軒家だった。

〈てんきん〉は、大嫌いだったけれど、初めての一戸建てで、私は嬉しくてしかたなかった。部屋が三つもあって、小さいけど庭まである。

「あきも、もう中学二年だから、ひとつあきの部屋にしたらいいよ」と、父が言ってくれたので、私は、もう天にも上る気持ちだった。

いいこともあるものだと、鼻歌交じりで、はりきってかたづけていると、買い物に出掛けていた母が帰ってきて、随分驚いた調子で言った。

「ほんとに、どういうご縁かしらねえ。お隣のお家、田代さんだったわよ」

「え、ほんとか？」

父も、さすがに、驚いていた。

「この辺は、大体、会社の借り上げ住宅だけど、まさか隣だなんてな。ご縁があるもんだ」

母が言うには、近くのスーパーで買い物をしていて、英ちゃんのお母さんに会ったらしい。

「田代さんも、驚いていたわよ。これで、三回目だものねえ。同じ会社で働いていても、一度もご一緒しない方のほうが多いというのにねえ」

それから、私の方を見て
「ひでちゃんね、バスケット部なんだって。ずいぶん、背が伸びたらしいわよ。今度は、あきが、いろいろ教えてもらわなきゃね」

なぜだかわからないけれど、英ちゃんの名前を聞いて、心の奥がドキッとした。嬉しいからなのか、懐かしいからなのか、自分でもよくわからなかった。

（ひでちゃんか……。逢いたいな……）

と思いながら、私は「う、うん」と生返事をした。


中学校は、小さい山の中腹にあった。

歩いて二十分くらいの距離だったが、ずっと坂道を登っていかなければならないので、なかなかしんどかった。坂道の両端には、桜並木が続き、それは、学校の上の鳥居にまで広がっていた。

「なんて、綺麗なんだろう！」

学校に続く坂道を登っていると、桜のはなびらが、風に吹かれてひらひらと舞い、頭や肩の上に落ちてきた。

春は、なんとなく、甘くて感傷的な気分になるものだけれど、まるで、おとぎの国にいるようだと思った。

あれは、秋だったけれど……。

夢のような景色を見るのは、これで二回目だ、と思った。

学校の正門の前は、小高い丘になっていて、時報塔がたっていた。夕方六時になると、〈夕焼けこやけ〉の曲がながれ、それを聞くと不思議なもので、早く家に帰らなくてはいけないような気持ちになるのだった。

時報塔は、この前くらしていた町にも、また、その前の町にもなかった。

珍しかったので、私は、学校の帰りに、その丘に登ってみた。

丘の上は、ちょっとした公園くらいの広さがあり、芝がしきつめられていた。ベンチも置かれていて、時報塔の設置場所というよりは、ちょっとした憩いの広場のような感じだった。

かんじんの時報塔は、端のほうに置かれていた。

石で造られた、背の高い長方形の台座の上に、大きいスピーカーがのせられていた。

かなり古いものらしく、台座の横に〈時報塔〉と彫られた字が古めかしく、重々しかった。

(ふうん、ここから、あの曲が流れるんだ)

時報塔に近寄った時、急に視界が開けた。

眼の下には、どこまでも続く海原が、広がっていたのだ。

青い海、点在する島々、その間を行き来する船……。それを、一望のもとに見渡すことができるのだ。

(お気に入りの場所が、またひとつ増えた!)

私は、わくわくしながらそう思い、今度の父の転勤は、この場所に来るためにあったような気がしていた。


中学校は、歴史の古い学校で、木造の校舎と鉄筋の校舎が二棟建っていた。

一学年六クラス編成で、私が編入されたのは三組だったが、英ちゃんはいなかった。

引っ越してから、まだ一度も会っていなかったので、少し期待していたのに残念という感じだった。

ともあれ、私は、すぐにバレー部に入部し、前の学校と同じように練習にせいを出した。

それにしても、不思議なほど、私はすんなりとクラスに溶け込むことができた。

同じバレー部員の幸枝ちゃんがクラスにいて、妙に気が合い、いつも一緒にいることが多かったからだった。

幸枝ちゃんのおかげで、話に聞く、転校生の寂しさというものを、ほとんど味わわなくてすんだのは、ほんとに幸せなことだった。

この学校のバレー部は、強くて、いつも優勝をめざしているチームだったので、練習はとても厳しく、いままでのんびりとやってきた私は、ついていくのに必死だった。

「練習キツイから、いっぱい辞めちゃって、今は半分くらいしか残ってないんよね」と、幸枝ちゃんは言った。

二年生は、私を入れて五人だった。

「レギュラーになれるかはわからんけど、絶対辞めずに最後までがんばろうやね」

幸枝ちゃんは、真剣な顔で、そう言った。

私の一日は、バレーの朝練から始まった。

七時から始まる朝練に参加するために、私は毎朝六時に起きた。

「勉強も、それくらい熱心にやってくれればいいのにねえ」

と、皮肉まじりに言う母を尻目に、私は毎朝家を出た。

途中の商店街の入り口で幸枝ちゃんと待ち合わせ、一緒に歩いていくのが、日課のようになっていた。

「私、セッターになりたいんよね」

と、幸枝ちゃんが言った。

「菊池先輩みたいなセッターになりたい。あんなきれいなトスまわしができたら、最高よね。あきとコンビ組んでセットプレーができればいいな、と思ってる」

「うん、私がんばるよ」

私は、それほど背は高くなかったが、ジャンプ力を評価されて、時々コートに入っていた。

(幸枝ちゃんとのコンビか……。実現できればいいな)

と思った。


幸枝ちゃんとそんな話をした数日後、いつものように朝練のために家を出て歩いていると、私の前を、中学生の男の子が歩いているのに気づいた。

背が高くて大股に歩いていくので、私との距離はどんどん開きすぐに見えなくなってしまった。

こんな時間に歩いているのだから、きっとどこかの部の朝練に行くところなのだろう。

そして、直感的に、英ちゃんではないか……と思った。

こちらに越してきてから、かれこれたつというのに、まだ英ちゃんとは、会っていなかった。

お隣で、同じ中学で、同じ学年なのに出会うことがないものだと、思っていたところだった。

商店街の入り口には、幸枝ちゃんのほうが先に来て待っていた。彼女は、私を見るなり言った。

「今ね、バスケの田代君が歩いていったんよ」

心の奥が、ドキッとした。

(やっぱり、そうだった)と思った。

「あ、あき知らないよね。私、去年、同じクラスだったんよ。すごくバスケうまくて、次のチームのキャプテン候補らしいよ」

「ふうん、そうなんだ」

私は、気のないそぶりで答えたものの、内心はドキドキしていた。

英ちゃんの名前を聞いただけで、どうしてこんなにドキドキするのか、自分でも不思議だった。

「ずっと委員長してて、結構もててたんよ」

「ふうん」

生返事をしながら、（ひでちゃんだったら、もてるだろうな）と、考えた。

なんとなく、本当は、知っていると口に出せなかった。


六月になって梅雨に入り、雨の日が多くなった。

山道を、学校に通うのも大変だったし、部活動も、室内トレーニングが多くなった。

バレーボールは室内競技だけれど、通常、体育館は剣道部や柔道部が使うので、私たちは、外で練習していた。

バレーボールのコートは、正門の近くに二面とられていて、一つは男子バレーのコートだった。

運動場のほぼ全部を野球部が使い、鉄筋校舎の裏側が、バスケット部とテニス部のコートになっていた。

雨の日は、時間が割り当てられて、全部の運動部が体育館を使うことになっていたので、私たちは時間がくるまで、階段を走ったり、ストレッチをして待っていた。

結局、雨が降ると、体力トレーニングが増えるので、しんどくてうんざりだった。

その日も雨で、四時半からの割り当てだったので、基礎トレーニングをしたあと、体育館に入った。

バスケット部との入れ替わりだった。

幸枝ちゃんと一緒に、ボールをとりに体育倉庫に入った時、バスケ部の男の子たちがボールの整理をしていた。

「あ、田代君！」

幸枝ちゃんに声をかけられて、背の高い男の子が振り向いた。

英ちゃんだった。

「あ、野口さん、バレー部は今から？」

柔らかい雰囲気も、そして、あの少し癖毛の前髪も昔のままだった。違っているところといえば、背が伸びたことと、メガネをかけたことくらいかな、と思った。

「ぼくらは、今日はもう終わり。がんばって！」

それから、英ちゃんは私のほうを見た。

「あきちゃんでしょ？　よく野口さんと一緒にいるとこ見てたよ」

「ひでちゃん、知ってたの？」

英ちゃんは、あまり驚いたふうもなかったけれど、私のほうが驚いて尋ねた。

「母さんから聞いてたから、知ってたよ。訪ねていくのも、なんか恥ずかしくてさ。でも、遠くで見かけたときに、すぐわかったよ。だって、ぜんぜん変わってなかったから」

「えーっ。あき、田代君のこと知ってたの？」

幸枝ちゃんも、びっくりしていた。

「この前、そんなこと言わなかったじゃない。なんだ、知ってるんならそう言ってよ。でも、どうして？」

「ごめん。なんだか、言いそびれちゃって」

答えながら、あの時のドキッとした感情を思い出していた。

「父の会社が、一緒なの。社宅がお向かい同士だったから、ちいさい時から知ってるんよ」

「一緒に、幼稚園行ったよね」

横から、英ちゃんが口を出した。

しばらく離れていたとは思えないくらい、自然な雰囲気だった。

（あの頃は、いっしょにいるのが当たり前みたいだったな）と、思った。

部の仲間に呼ばれて、英ちゃんが行ってしまったあと、幸枝ちゃんが言った。

「いいな、あき。田代君と幼なじみだなんて。『ひでちゃん』なんて呼んで、ずいぶん親しそうじゃん」

「そういうわけじゃないよ。ほかに同い年の子がいなかったから、いっしょに遊んでただけ。母親同士も仲がよかったしね」

「ふうん、そう。でも、いいな、あき。私、田代君に少しあこがれてるんだ」

と、幸枝ちゃんは言った。

そして、その言葉を聞いた時、私は、また、自分がドキッとしたことに気づき、自分ながら驚いていた。

英ちゃんと、当たり前のように、いっしょに遊んでいた頃、特別な感情を持ったことなどなかったからだ。

〈いつも、いっしょにいて当たり前〉のような感覚が、二人の間にはあった。

(でも、ひでちゃんはどうなんだろう?)と、私は初めてそう思った。


体育倉庫で少し話して以来、あまり、英ちゃんと話す機会はなかった。中学生になって、お互いに持っている時間がずれてきたのだろう、と思った。

私は、バレーの練習と中学生生活に忙しかったし、英ちゃんもまた、そうだった。

私たちの先輩たちは、強く、予想どおり地区大会で優勝し、県大会にすすんだ。

そして、県大会準優勝という結果で最終戦を終えた。

夏休みに入ってから、私達は新チームになった。自分たちが主体のチーム態勢に変わるのだ。

待ち望んでいた時ではあったが、その反面怖くもあった。自分がレギュラーになれるかどうかが、知らされる瞬間でもあるからだ。

基礎トレーニングが終わり、いよいよ運命の時が訪れた。

監督が、言った。

「よし、では、呼んだ順にコートに入れ。前衛のレフトからや。まず、野田」

横の幸枝ちゃんの表情が、緊張でこわばるのがわかった。スターティングポジションでは、セッターは前衛のセンターにいることが多かったからだ。

（幸枝ちゃんの名前が、呼ばれますように！）

私も、緊張して手をぎゅっと握りしめた。

「センター……野口！」

（ああ、よかった！）

幸枝ちゃんの表情が緩み、私も体の力が抜けていくようだった。思い通りのところにトスをあげることができるよう、幸枝ちゃんが、かなり努力していたのを知っていたからだ。全体練習が終わった後も、いつも自主的に残ってトスの練習を繰り返していたし、家でも個人練習していたらしかった。

しかし、ほっとしたのもつかの間、次は私の番だったた

（どうか、神様、お願いします……）

人というのは、本当に勝手なものだ。普段は思い出しもしない神様を、こういうときだけ引っ張りだしてくる。

後になれば、そういうふうに思えるのだけれど、まさに、『苦しい時の神頼み』だ。

「ライト……吉本」

監督が呼んだのは、私の名前ではなかった。

（う、うそ！　はずされた……）

頭の中が、真っ白だった。そんな……。幸枝ちゃんの顔も青ざめているのがわかった。ひざが、がくがくして、座り込んでしまいそうだった。

「次、後衛レフト、泉」

監督は、たんたんと続けた。監督自身も、生徒の気持ちを考えると、つらいひとときではあるだろう。

後に私は、中学校の英語教師になり、なんの因果かバレー部の顧問になった。新チームのレギュラーを発表する時、いつも、この時の情景が、頭に浮かぶのだった。

「センター……中村！」

（え……！）

ここで呼ばれるとは、思いもしなかった。時々コートに入れてもらえる時は、アタッカーだったので、入れるなら前衛と思っていたからだ。

「あき」

先にコートに入っていた幸枝ちゃんが、私の顔を見て笑いかけた。

「よかった！」

私の名前が呼ばれなかったので、かなり心配をしてくれていたのだ。『地獄で仏に会う』とは、こういうことを言うのだろう。

ともあれ、幸枝ちゃんと私は、めでたくレギュラーになれたのだ。

後になって、監督の指示を受けていた幸枝ちゃんが言った。

「監督がね、あきはジャンプ力があるから、初めはバックアタック打たせるって。レシーブも兼ねて、そのポジションだって」

(なんだ、そういうことだったのか)

理由がわかれば、なるほどと思ったが、全く生きた心地がしなかった。

もう、こんな思いは一度でいい、と思った。

「よかったね、よかったね。がんばろうね、私たちのチームだもんね」

学校の帰り道、私たちは、うれしくて何度も何度もそう言いながら歩いた。

その日、私は、興奮してなかなか寝つけなかった。きっと、幸枝ちゃんもそうだろうと思った。そして、（ひでちゃんはどうだったのかな）と、頭のすみで考えていた。

新チームのメンバーが発表されると、九月の新人戦にむけての練習に入った。コンビの完成、守備とフォローの陣形と、やることは山ほどあった。

先輩たちも、受験勉強の合間に練習に参加してくれた。

幸枝ちゃんは、あこがれのセッター菊池先輩に、こと細かく指導をうけていた。

「もう、自分がどれほど未熟かよく分かるわ」

とこぼしながら、彼女は一生懸命、努力していた。

チームのメインは、私と幸枝ちゃんのブロード攻撃だった。二人で夢見ていたとおりの攻撃戦略で、願ってもない話だったのだけれど、日が経てば経つほど責任の重さを痛感するのだった。

「お前らの攻撃態勢が長く続けば、このチームが勝てるということやからな！」

監督の言葉に自分をふるいたたせて、私たちは、全体練習が終わったあとも、残ってコンビの練習をした。

簡単ではなかったけれど、充実した時間ではあった。

人のためではなく、自分のための練習だと思った。

帰りは、二人のことが多かった。

別れ道に来るまで、コンビの間合いのことや、ちょっとしたうわさ話などをしながら帰るのが、楽しみだった。

「そういえば、田代君、やっぱりキャプテンだって。今年の男子バスケは強いらしいよ」

幸枝ちゃんの突然の言葉に、私は、またドキッとした。

「そうなんだ」

「昨日、たまたま田代君に会ったんよ。あき、幼なじみやったよね。知らなかった？」

「うん」

「お家、お隣りなんやろ？」

「うん。そうだけど、会わないもん」

「ふうん、そんなもんかな」

ほんとに、不思議なくらい、英ちゃんとは逢わない。隣りに住んでいるというのに、あの雨の日に、体育倉庫で逢ったきりだった。

（小さい時には、あれほど毎日遊んでいたのに……。大きくなると、お互いの時間が違ってしまうんだな）と思った。

当たり前だけれど、なんだか寂しいものだと思った。

九月になり、二学期が始まった。

二学期は、なにかと行事が多く忙しいが、私たちにとっての一大行事は、なんといっても新人戦だ。

そのために、夏休みの苦しい練習を乗り切ってきたのだから……。

学校が始まるとすぐに、週末は練習試合ずくめになった。相手チームを迎えることもあれば、遠征に出掛けることもあったが、成果は上々だった。

私たちは、一度も負けることなく、新人戦に臨むことになった。初めにサーブで崩しておいて、スターティングポジションでアタッカーの二人がオープン攻撃を決め、合間に私が入るというチームの攻撃パターンが、ズバリと当たった感じだった。

監督も、手ごたえを感じたようで、「今年は、全国を狙うぞ!」と言っていた。

ところが……。大会前日、その日はもちろん、軽い流し練習だったのだが、あがってきたトスを少し無理な態勢で打って着地した時、足首がグキッと音をたて、激痛が走ったのだ。

「いたっ!」

私は、思わずうずくまって、足首を押さえた。

「どうしたん？　大丈夫？」

みんなが、驚いて駆け寄ってきた。

「大丈夫か？　中村！」

監督も慌てて近寄ってきた。

「立てるか？」

監督の声に、私は、ゆっくりと立ってみた。

なんとか立つことはできた。

「どうや？」

「あ、大丈夫です。なんともないみたい」

そう答えたけれど、本当はかなり痛かった。捻挫したようだ、と思ったが、仲間に心配をかけたくないという気持ちと、なにより、（はずされたくない、試合に出たい）という気持ちが強くて言い出せなかった。

帰り道、幸枝ちゃんが
「さっきは、びっくりしたよ。おどかさないでよ、あき」
と、真顔で言った。

「あきと一緒にレギュラーになって、コンビ組むのが夢だったやろ？　それが叶って、ほんと、よかったなって思ってたんだ。明日の試合、決めどころでは、あきにあげるからね」

「う、うん」

「頼りにしてるよ、あき！」

「うん」

まかしといて、とは言えなかった。でも、できる限りのことはしなければ、と思った。

「私、がんばるよ！」

私は、自分の迷いをふっ切りたくて、わざと明るく、そう言った。


大会当日、私たちは順当に勝ち上がっていった。

サーブもレシーブもアタックも、みんな調子がよく、監督も機嫌が良かった。

三セット目にもつれこむこともなく、準決勝も勝ち、次は決勝を残すばかりとなった。

試合数が少なかったおかげで、昨日痛めた足は、なんとかもっていたが、四試合も消化すると、さすがに、ずきずき痛みはじめていた。

（あと、一試合。あと、一試合）

私は、不安な気持ちをしずめるように、自分に言い聞かせた。

ふと応援席を見たとき、英ちゃんの姿を見つけた。

「男子バスケ、優勝だって。早目に終わったから、みんなで応援に来てくれたみたい」

幸枝ちゃんが言った。

そういえば、英ちゃんだけでなく、背の高い男子バスケの面々が来てくれていた。

「私たちも、後に続かなきゃ！　一緒に、県大会にいこうね！」

（そう、ぜひそうしたい）と思い、また、（そうしなければ！）とも思った。

そうでなければ、今まで積み重ねてきたことが、無意味になってしまうもの。

「あと、ひとつだもんね。締めていこうね」と、私も幸枝ちゃんにうなずいた。

集合がかかって、コートに向かう時、英ちゃんと目が合った。

英ちゃんは、にこにこして、私に手をふった。小さい時と同じだと思いながら、私も英ちゃんにほほえみ返した。


決勝の相手は、予想どおり、Y中学だった。

強くて油断できない相手だけれど、練習試合で負けたことはなかったし、いつもどおりにやれば、負けるはずはない、と思った。

何より、新チーム結成以来、無敗の私たちの勝利は、まず間違いのないところだった。

ピーッとホイッスルが鳴り、いよいよ決勝戦が始まった。

試合の始まりは、いつも緊張する。

Y中学のサーブが、私に向かってとんできた。スターティングのポジションが、後衛のセンターだから、十分予想される展開で、私の役割は、試合の初めの守備固めで、きっちりボールをセッターに返すことだった。

(よし、来た！)と思いレシーブの態勢に入ったとき、ボールが思ったよりも落ちた。

(あっ！)と思い、私は、とっさに足を無理に伸ばしてレシーブした。

足首が、グキッといやな音をたてた。

昨日、捻ったほうの足だった。

(しまった！)と思った。

けれど、ボールのほうはうまく幸枝ちゃんのところに返り、右から吉本さんが決めて、幸先よく一点先取できた。

幸枝ちゃんが、私に、「ナイスレシーブ、あき」と声をかけてくれた。

「うん」と答えはしたものの、足首がズキズキした。

(これは、困った)と内心思ったが、そぶりに出すわけにはいかない。

相手チームにわかってしまうと狙われてしまう。

私は、自分を励ます意味も込めて、

「よし、もう一本!」と大声を出した。

どうにか、最後までもってくれと願ったが、やはり、そううまくはいかなかった。

足が動かなくて、カバーに走れないし、なによりジャンプができなかった。

いつもなら、なんなく決められるボールを出したり、ひっかけたりで自分でも情けなかったし、チームのみんなに申し訳なかった。

点をとる役割の私がこれでは、いい展開になるわけがない。私が使えないので、幸枝ちゃんも、トス回しにかなり苦労していた。そして、ときどき心配そうな顔で私を見た。

何回目かのアタックミスの後のタイムアウトで、私は、とうとう交代させられてしまった。

仕方のないことだった。

私は、うつむいたままベンチに座った。

「調子悪いな、中村。昨日やったとこ痛いんか?」

と監督に聞かれたが、答えることができなかった。

結局、シーソーゲームになったものの、第一セットはとられてしまった。まさかの、展開だった。

「ごめん……」

ベンチに帰ってきたみんなに、小さい声で謝った。

「何言ってんの。誰かが調子悪ければ、カバーするのが仲間じゃん。ドンマイよ、あき。まかしといて」

キャプテンの吉本さんがそう言って、私の肩を叩いた。

「ありがとう。がんばって！」

吉本さんの言葉に、少し救われた気持ちだった。


第二セット、私は半ば放心状態でベンチに座っていた。

何も考えることが、できなかった。

足の具合が悪いことを、自分から申し出るべきだったのだろうか……。はずされたくないという、自分のわがままだったのだろうか……。

いろいろな思いが、頭の中をぐるぐる回っていた。

コートでは、第二セットが始まり、代わりに入った木下さんが頑張っていた。

私のせいで、チームが負けてしまっては申し訳ない。何とか、流れが変われば！

ひたすら、祈るのみだった。

ふと、応援席を見上げた時、英ちゃんと目が合った。いつから、こっちを見ていたのだろう。私が見ているのに気づくと、にこっと笑った。

小さい時から知っている、あの笑顔だった。昔から、あの笑顔を見ると、何だかほっとしたものだったけれど、今日も、そうだった。

なんとなく、気持ちが楽になるような感じがした。


第二セットは、取りつ取られつを繰り返しながら、なんとかモノにすることができた。

（ああ、よかった……）

自分の責任を、ゼロにはできないけれど、これで振り出しに戻ったのだ。

あと一セット取れば、目標の優勝にたどり着ける。

あと一つ、あと一つ、と念じながら、私はチームのみんなに、おしぼりを配った。力になれない自分が情けなかった。

いよいよ、運命の第三セットのホイッスルが鳴った。

私はどきどきしながら、ベンチから声援を送った。

旗色は、おもわしくなかった。

相手チームは、木下さんに集中攻撃をかけてきた。これが、逆の立場だったら、きっと私たちもそうするだろうから、仕方のないことではあったけれど、サーブもアタックも、ほとんどが木下さん狙いだった。

試合経験の少ない木下さんは、次第にミスを連発するようになり、ベンチから見ていても、表情が不安そうなのが、手にとるようにわかった。

（お願い、がんばって！）

私は、心の中で手を合わせながら、必死で声をかけた。

何回目かのタイムアウトのあと、監督が私に言った。

「木下では、もう無理や。中村、いけるとこまでいってくれ！」

そして、私は、五点差のついたコートに戻った。

監督に言われずとも、もちろん、いけるところまでいくつもりだった。

足は痛かったけれど、一セットで足をひっぱった分、取り戻さなければと思った。

必死で、レシーブをしアタックを打った。

なんとか、一点差までもってきたけれど、相手はマッチポイントを握り、サーブ権をとった。

（なんとか凌いで、ジュースにしなければ！）

私は、口元を、きっと引き結んだ。

でなきゃ、なんのために、いろんなことを我慢して練習してきたのか、わからない。

絶対、勝つんだと思った。

はたして、サーブは私をめがけて飛んできた。

そして、またあの嫌な変化をして、ストンと落ちた。

(これは、絶対におとせない!)

私は、一セットの始まりの時のように、足を大きく開いてすくい上げた。

なんとか上がって、セッターの幸枝ちゃんに返った。

しかし、足首がまた、グキッといやな音をたてた。

幸枝ちゃんが、ちらっとこっちをみて、

「あき、いくよっ!」と言った。

(決めどころでは、あきに上げるから)と、言っていたことを思い出した。

試合の前に二人で話していたとおり、彼女は、この大切な一本のトスを私にあげるつもりなのだ。

(これは、私がいかなければ!)

なんとか態勢をたてなおした。

オープントスが、きれいに私のところに上がってきた。

(これを、決める!)

しかし、自分の気持ちとは裏腹に、足がついてこなかった。
不十分なジャンプで打ったアタックは、大きくコートの外に出ていった。
その瞬間、私たちの敗北が、決定した。
新チーム結成以来、初めての敗戦だった……。

その後の表彰式で、私たちは、欲しくもない銀メダルを首にかけてもらった。
金と銀の重さは、こんなに違うものか、と思った。
学校に一度帰ってから、解散になった。
夕方の五時を回り、もう六時に近かった。
朝から、ずっと試合をしていたのだから、これくらいの時間にはなっているだろう。
空には、夕焼け雲が、真っ赤に染まっていた。
誰とも話をしたくなくて、私は、一人で校門を出た。
悔しくて、涙がほおを伝って落ちた。
(もうすぐ、六時だな)と漠然と思った。
知らず知らずのうちに、足は、あの時報塔のある公園に向かっていた。
なんとなく、一人で、ぼうっとしていたかった。

石段を一段一段ゆっくり上り、公園の入り口に着いた。

青っぽい草の匂いが、少しひんやりとしてきた秋の空気の中に、漂っていた。

なぜだかわからないけれど、ここは、気持ちの落ち着く場所だった。

そして、ゆっくりと時報塔に目をやった時、私は、息もとまらんばかりに驚いた。

誰かが、そこに立っていたのだ。

こんな時間だし、自分一人だと思っていたので、心臓が口から飛び出しそうだった。

(いったい、だれ?)

動揺が治まった時、その人物をじっと見つめた。

それは、学生服を着た男の子で、私に背中を向けて立っていた。

(え、もしかして、ひでちゃん……?)

そのシルエットから、そうかもしれないと思ったけれど、英ちゃんが、こんなところにいるはずはない、と思い直した。

「あきちゃん、見てごらんよ。夕日が沈むところだよ」

彼は、振り向きもしないで、そう言った。

(やっぱり、ひでちゃんだった!)

でも、なぜ私だとわかったのだろう?

また、心臓が、ドキドキした。

「ぼくね、ここから見る海の景色が、好きなんだ」

そう、時報塔の下には、町並みの向こうに広がっている湾が見下ろせるのだ。

私は、英ちゃんの横に歩いていき、指さすほうを見た。

そこには、私が思っている以上に美しい景色が広がっていた。

ちょうど、おおきな太陽が水平線の向こうに沈むところで、海も町並みも、すべてがオレンジ色に染まっていた。穏やかな海に、わずかに立っている波が日の光を受けてキラキラ光り、点在する島影が、黒く浮き出ていた。その間を、漁を終えて帰ってくる漁船が、白波のあとを残しながら、港に向かっている。

「今くらいの時間に、太陽がしずんでいくんだけどね、こんな奇麗な景色は、なかなかないと思うんだ。いやなことがあっても、すうって忘れちゃうよ」

「うん」

「あきちゃん、きっとここに来ると思ったんだ」

「ふうん」

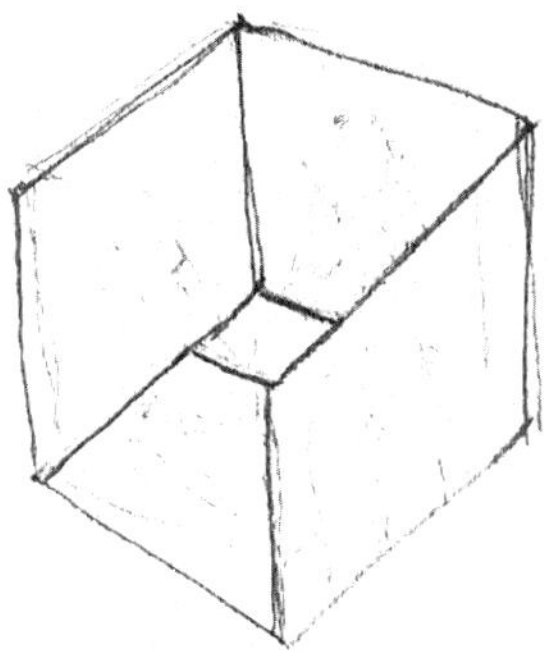

（変なひでちゃん）と言おうとして、やめた。

引っ越して来て以来、そんなに話をしたこともなかったし、まして、この公園のことなんて話したはずもなかったのに、不思議に違和感はなかった。

私は、英ちゃんの横顔を見た。英ちゃんの顔も、オレンジ色に染まっていた。メガネを外せば、あの癖毛の前髪もおっとりした風貌も、昔と変わらなかった。

幼稚園の時も、小学校の時も、こんな感じだった。

そして、私が古池にはまった時も……。英ちゃんは、覚えているだろうか？

その時、六時になったらしく、時報塔が『夕焼けこやけ』のメロディを奏で始めた。

全く、その瞬間だった！　私の頭の中で、何かがフラッシュバックした！

まるで、異空間を漂っているような、不思議な感覚の中で、私は不意に（この場所は、もっと前から知っている）と思った。

なぜかは、わからなかった。

もう一度、英ちゃんのほうを見た。

私の知っている英ちゃんの顔に、もう一つの顔が、薄く重なって見えた。

私は、思わず目をこすった。

（なに、これ？）と思う一方で、重なって見えた顔を、知っていると思った。

そう、随分むかし、私は、その顔をよく知っていた。

だけど、それが誰なのかは、思い出せなかった。

（どういうことなの……？）

混乱しながら、ここは、その昔、私にとって大切な場所だったのは、間違いないと強く感じていた。

その時、曲が終わり、それと同時に、あの不思議な感覚も消えた。

「どうしたの？」

英ちゃんが聞いたけれど、何も答えることができなかった。

どう説明したらいいのか、よくわからなかった。


その日以来、私と英ちゃんは、お互いの生活が忙しいためか、ほとんど出会うこともなく二年生の終業式を迎えたのだった。


終業式は、午前中で終わった。

部活動の練習は、二時からということだったので、一度家に帰って昼食をとるために正門を出た時、私は、幸枝ちゃんに呼び止められた。

「あき、待って！」

幸枝ちゃんは、少し息をはずませながら、私のほうに、小走りで駆けてきた。

「部活、二時からだったよね」

「うん」

「あさってから、合宿だよね。きついんやろね。今から、ドキドキするわ」

「秋の大会で優勝できんかったから、うんとしぼられそうよね。私のせいやけど……」

「もう、あき、それは言いっこなしよ。みんなで試合したんやから、みんなの課題よ」

「うん」

「でも、今度こそは、ラストのウイニングボールは、あきに決めてもらう！　四月からは、三年生になるし、このチームで、できるだけ沢山、試合したい」

「そうよね」

「それでね……」

そう言ったあと、幸枝ちゃんは、少し口ごもった。

いつもはきはきとものを言う彼女にしては、珍しいことだった。

「何？　どうしたん？」

幸枝ちゃんは、まだ、なんだか言いにくそうにしていたけれど、やがて、意を決したように私を見て言った。

「あのね、あきに頼みがあるんよ」

「なに？」

「あきにしか、頼めないんよ」

「なに？　幸枝ちゃんらしくないよ。幸枝ちゃんの頼みだったら、なんでも聞くよ」

「ほんとに？　笑わない？」

「笑ったりしないよ。なに？　言ってよ」

「あのね。じつは、渡してほしいものがあるんよ」

「なにを？」

「これ」

幸枝ちゃんは、白い封筒を取り出した。

「すごく悩んだんだけど、きちんと伝えたいと思って」

大体の察しは、ついた。

「わかった。渡してあげるよ。でも、誰に？」

「田代君」

「え？　ひでちゃん？」

全然、予想していなかったことで、頭をかなづちで殴られたような衝撃が走った。

(ひでちゃんに？　これを？)

思考がまとまらず、何を言ったらいいかわからなかった。きっと、表情も固まっていたに違いない。

「ほら、あきれてるんやろ？」

幸枝ちゃんが、少し咎めるように、しかし、恥ずかしそうに私の顔を見た。

(まさか、ひでちゃんだとは……)

「そ、そんなことないよ」

そう返事するのが、やっとだった。

「私ね、実は一年の時から、田代君のこと好きだったんだ。あき、幼なじみでしょ？　体育館で、親しそうに話してたから、頼めないかな、と思って」

幸枝ちゃんの言葉を聞きながら、私は、自分が、どうしてこんなに動揺しているのだろうと、思った。

(それは、もしかしたら、私もひでちゃんを好きということなんだろうか？)

自分で、自分の気持ちが計りかねた。

小さい頃から、一緒にいたけど、そういうふうに考えてみたことは、なかった。

「自分では、渡せないんよ。あき、いや？」

「あ、い、いやじゃないよ。ひでちゃん、もてるんやね」

そう答えながら、本当は、嫌だと思った。ほかの男の子だったら、ぜんぜん平気なのに……。仲良しの幸枝ちゃんの頼みだから、ふたつ返事で引き受けるところだけれど、よりによって英ちゃんだとは……。

自分の気持ちに今まで気がつかないなんて、私も、どうかしてる、と思った。

しかし、いまさら断れなかった。

「まかしといて。合宿に行く前に、渡してあげるよ」

私は、自分の気持ちに気づかれないよう、平静をよそおって、そう言った。

「ありがとう、あき！」

幸枝ちゃんは、ほっとしたように、にこっと笑った。


私は、帰り道、そのまま英ちゃんの家に行った。

「珍しいね。あきちゃんが、ぼくんちに来るなんてさ」

玄関に出てきた英ちゃんが、ニコニコしながら、そう言った。なんとなく、その場では言いにくくて、私は、

「ちょっと話したいことがあるから、あの公園に来てほしいんだけど……」と、言った。

「いいよ。五時に部活が終わる予定だから、その後でいい？」

英ちゃんは、何も考えることなく、あっさりと、そう答えた。


その日の練習は、全く集中できず、ミスの連発だった。

「なにやっとるんや、中村！　そんなんやったら、レギュラーからはずすぞ！」

監督になんども注意されたが、上の空なのが、自分でもよくわかった。きっと、誰の目にも、その日の私がおかしいのはわかっただろう。


私たちの練習も、五時過ぎに終わり、私は気が重いまま、待ち合わせの公園に行った。

英ちゃんは、もう、来ていた。

「ぼくらのほうが、先に終わったんやね」

待たされたことは、全然、気にしていないふうだった。

「ぼくに、話があるって？」

「うん」

「いい話だといいな。ぼくも、あきちゃんに話があるんだけど、あきちゃんの話から聞くよ。

なに?」

英ちゃんも話があるとは驚きだったが、言いにくいことはさっさと言ってしまおうと思い、
私は、カバンから封筒を取り出した。

「これね、渡してほしいって、幸枝ちゃんに頼まれたの。知ってるでしょ? 幸枝ちゃん」

「どういうこと?」

「幸枝ちゃんね、一年の時からひでちゃんのこと好きだったんだって。すごくいい子よ。私が、保証する。もてるんやね、ひでちゃん」

私は、そう言って封筒を差し出した。

英ちゃんは、黙ってそれを受け取った。そして、私を見て言った。

「あきちゃんは、それでいいの?」

「え?」

(それでいいのって、どういうこと?)と思ったが、口から出た言葉は、

「うん」だった。

「そう、わかった」

英ちゃんは、封筒を持って公園の入り口の石段を、下りかけた。

「あ、待ってよ。ひでちゃんの話は、なに?」

「あきちゃんがそれでいいなら、ぼくの話も、おしまい。じゃあね」

英ちゃんは、そう言うと、すごい早さで階段を駆けおりていった。

（なによ、話があるんじゃなかったの？）

私は、なにか気まずさを感じながら、後ろ姿を見ていた。


次の日、幸枝ちゃんに、手紙を渡したことを伝えた。

「ありがとう。あきしか、頼れる人がいなかったから。自分で渡そうと、何度も思ったんだけど、どうしても勇気がでなくって。田代君、なんて言ってた？」

「渡しただけで、返事は聞いてないんよ。どんなことが書いてあるか、知らなかったし」

「そうよね」

「たぶん、ひでちゃんのことだから、直接、返事してくれると思うよ。一年の時から、知ってるんやろ？　大丈夫よ、ひでちゃん、とても優しい人だから」

「うん、後は私が自分でやんなきゃね」

そして、私たちは、次の日から一週間の予定で、合宿に出掛けた。その間、二人とも、英ちゃんの話は、しなかった。

合宿が終わり、私は、くたくたになって家に帰りついた。予想以上に、きつい合宿だったが、かなりな達成感はあった。

やれやれ、と玄関の戸を開けようとした時、お隣りが、なんだかガランとしているのに気がついた。お隣りといっても、横に道をはさんでいるので少し離れてはいるのだけれど、何だか違和感があると思った。

「ただいま」

私は家の中に入って、居間のソファに荷物をポンと投げながら言った。

「おかえり。あらあら、女の子が荷物を投げたりしないの！」

母が、キッチンから手をふきふき出て来て、顔をしかめた。

「少しは、女の子らしくしなさいよ」

「わかった、わかった。そうします。なんかない？　おなかすいたよ」

「もう、ちっとも言うこと聞いてないわね」

母は、ため息をつきながら言った。

「テーブルの上に、さっき焼いたシフォンケーキがあるわよ」

「やった！　ラッキー」

私は、キッチンに飛んでいってケーキをほおばりながら、尋ねた。

「ねえねえ、お母さん。ひでちゃんとこ、なんかガランとした感じだったけど、なにかあった？」

「あら、知らないの？　ひでちゃんのとこ、お引っ越ししたのよ」

「え？　いつ？」

え？　え？　え？　ひっこし？　そんなこと、言ってなかったのに……。

頭の中が、からっぽになったようだった。

つい一週間ほど前に会ったのに、言ってよ、英ちゃん。

あ、でも、もしかしたら、話とはこのことだったのだろうか？

心の中に、ポカンと穴があいたようだった。

「聞いてなかったの？　ひでちゃんから」

「うん。なんにも。それで、いつ引っ越したの？」

「昨日の朝よ」

「おじさんの転勤？」

「ううん。なんでも、もともと出身が大阪の人で、向こうにお家を建てたんだって。おじさんは、マンションに移って、これからはしばらく単身赴任するそうよ」

「へえ、そうなん」

私は、なるべく平静をよそおって答えた。

英ちゃん、またいなくなっちゃった、と思った。

「あ、そうそう、昨日の朝、ご家族でご挨拶に見えた時にね、ひでちゃんが、これをあきに渡してって」

母は、そう言って小さな箱を取り出した。

「なにかしらね?」

「さあ」

私は、自分の部屋に戻って、箱を開けてみた。中には、ブリキのヘリコプターが入っていた。

(これ、ひでちゃんが大切にしていた、あのヘリコプターだ)と思った。

手に取ってみた。

最初の転勤の時に、英ちゃんが、これで一生懸命、私のご機嫌をとってくれたっけ……。

「あきちゃん、見て。ほら、ここ回るんだよ」

と言って、プロペラを回している英ちゃんの姿が、瞼に浮かんだ。

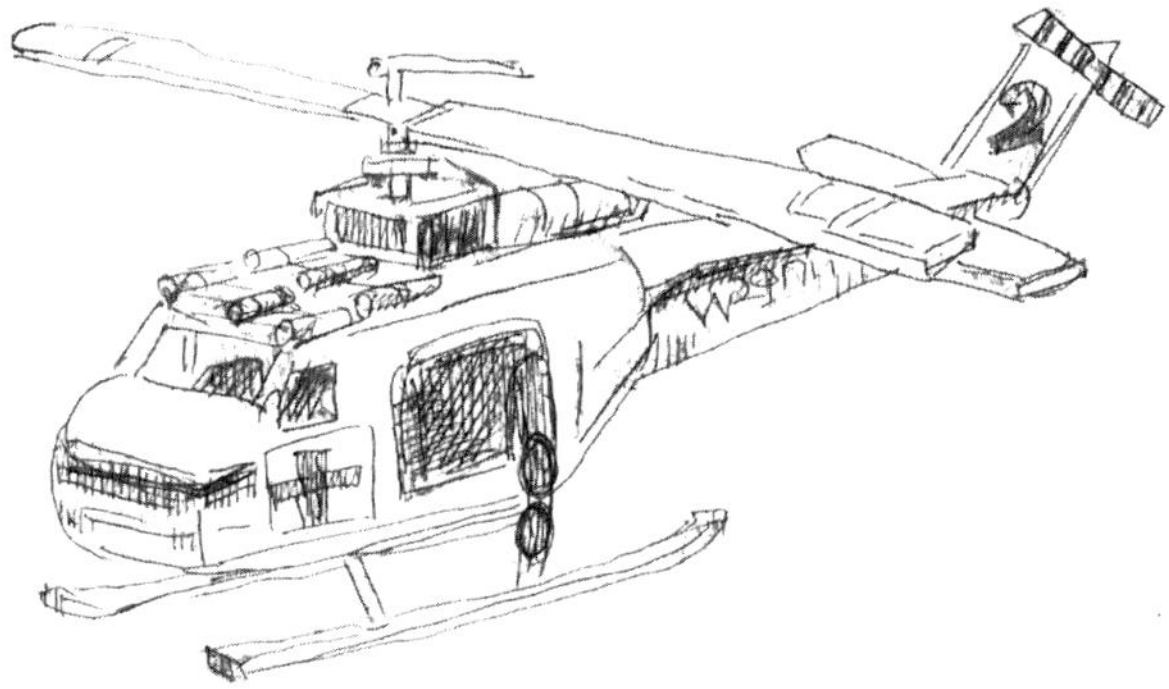

おかしくって、「ふふ」と笑いながら、涙が頬を流れた。

その夜、私は初めて、〈あの夢〉を見たのだった。


私は、燃え盛る炎の中に立っていた。

なんだか古い建物のなからしく、周りの太い柱が、音をたててくずれていった。熱くて、怖くて、どうしたらいいかわからなくて、私はやみくもに、逃げ回っていた。

でも、私は、誰かを待っていた。それが誰かは、わからなかったけれど、誰かが来てくれるのを待っている気がした。

そして、炎につつまれている階段を、誰かが駆け登ってきた。それは、私がよく知っている人影だった……。

まさに、その人物が現れようとした時、目が覚めた。

汗を、びっしょりかいていた。

ずいぶんと、リアルな夢だったと思った。

そして、もうひとつはっきり感じたことは、私は、その場所をよく知っている、ということだった。

それから、私は、よくその夢を見るようになった。

しかし、なんど見ても、その人物が誰かということも、そこがどこかということも、わからないままだった。

それでいいような気もしたし、もどかしい気持ちになることもあった。

そして、その夢を見た日は、なんとなく、英ちゃんにもらったヘリコプターを出して眺めてみるのだった。


四年が経ち、私は、大阪の外国語大学に進学した。

小さい時から、英語を使う職業につくのが夢で、その夢に近づくためだった。

結局、卒業した後、私は中学校の英語教師になり、そのまま大阪に残った。

一人っ子で、おまけに一人娘だったので、母は、随分寂しがっていた。口には出さなかったが、きっと父も同じ気持ちだったことだろう。

海外に行くわけではないけれど、それでも、私の故郷と大阪はかなりの距離があった。

飛行機だと五十分くらいだが、間に海を挟んでいるので、なんとなく、遠い土地のような感覚があった。

両親は、私を大学に出してくれる時も、かなりな思いだったのだろうけれど、そのまま就職してしまうとなると、手の届かないところに行ってしまうような気持ちになるようだった。

「時々は、顔を見せに帰ってきてよ」

と、母は、私の引っ越しの手伝いをしながら、何度もそう言った。

「はいはい。わかった、わかった」

と軽く受け流すふうを装いながら、母に、何だか悪いなと、思っていた。


中学校の教師は、想像以上に忙しく、大変で、私は、その日その日を消化していくだけで、手いっぱいだった。学校が休みだからといって、仕事がないわけではなく、やらなければいけないことが山積みだった。

(学校の先生って、こんなに大変だったんだ)と、思い知らされる感じだった。

母が寂しがっているだろうと思いながら、なかなか、家に帰る時間もつくれず、英ちゃんのことも、自然と記憶の片隅へと押しやられていった。

あの夢を、見ることもなくなっていた。

そして、あっという間に、五年の月日が過ぎていった。

英ちゃんに会ったのは、ようやく、そんな暮らしにも慣れてきた、通勤中の朝だったのだ。

その日の夜、私は、もう何年も見ることのなかった、〈あの夢〉を見たのだった。

私は、やはり、炎の中にいた。

周りの柱が、音をたてて崩れていく。

全く、同じだった。

（あの階段から、あの人が来てくれるはず）と、私は思っていた。

きっと、来てくれるはず……。

その時、「姫！」という声が、聞こえた。

「やっぱり来てくれた！」と思った時、目が覚めた。私は、ふとんの上に起き上がって、汗を拭った。火事の夢をみたせいか、喉がからからに乾いていた。

台所に行って、コップで冷たい水を一気にのみながら、（あれは、よく知っている声だった）と思ったが、いつものように、誰なのかはわからなかった。

その日から、私の気持ちは落ち着かなかった。

何だか、体もフワフワした感じがして、あの夢で聞こえた「姫！」という声が、頭の中をグルグル回っていた。

何日かが過ぎ、英ちゃんとの約束の日も、二日後に迫ってきていた。

どちらにしても、返事をしなければならないのに、こんな不安定な状態では、考えがまとまらない。

（ふつうに考えて）と私は思った。

（こんな、突拍子もない申し入れなんて、受け入れる余地なんかないはずよね）

そんなことはわかっているのに、この不思議な、せかされるような感覚は何なんだろう？

そして、気がつくと、私は、学校に休暇届けを出して、この場所、そう時報塔のあるこの町に来ていたのだった。

両親はすでに転勤で、この町に住んではいなかった。

中学校に向かって、坂を上りながら、

「ここに来るのは、何年ぶりだろう」と思った。

正門に向かってずっと続く桜並木も、ちっとも変わっていなかった。

(この道を、よく幸枝ちゃんと一緒に歩いた)

バレーボールのこと、ちょっとした噂話のこと、いろんな話をしたっけ……。

私の輝いていた青春が、ここにあった。さまざまな思いを巡らしながら、正門にたどりついた時、すうっともやがかかってきた。

(山の学校だけど、一度もこんなことはなかったのに……)

こころなしか、見えていた青空も、少しかくれたようだった。

急に、天気が変わったのだろうか?

天気予報では、そうは言ってなかったので、傘の準備はしていなかった。

どうしたものか、と思った時、突然、名前を呼ばれた。

「あき!」

「え?」

それは、〈幸枝ちゃん〉だった!!!

中学の制服姿の幸枝ちゃんは、私に向かって、手を振っていた。

「そんなはずは、ない……」

だって、私と彼女がここに存在したのは、もう十五年ほど昔のことなのだから。

幸枝ちゃんは、少し、息をはずませながら、小走りで駆けてきた。そして、

「部活、二時からだよね」と、言った。

私は、息を飲んだ。

その言葉は、確かに、覚えていると、思った。中学二年の春休みが始まる日、確かにこういうことがあった。

「あさってから、合宿よね。きついんやろね。今から、ドキドキするわ」

間違いない。あのときの情景だ！

でも、なぜ？

わけがわからなかった。どうして、こういうことになったのだろうか？

夢でも見ているのだろうか？

答えを見つけられるはずもなかった。

確かなのは、私は、中学二年のあの出来事を、もう一度体験している、ということで、それは間違いなかった。

だとすると、次には、あの言葉がくる。

「あのね、実は、あきに頼みがあるんよ」

やっぱり、そうだ。ならば、私は、幸枝ちゃんの手紙をあずかることになる。どうしよう。

そして、彼女は、あの時のまま、封筒を取り出した。

「これ、田代君に渡してほしいんよ」

(断らなければ！)

と思った。あのときは言えなかったけれど、今度は断らなければ……。

しかし、やはり、何もいうことができず、私は再び、あの封筒を受け取っていた。

(また受け取ってしまった。どうしよう)


うつむいた顔を上げると、私は、時報塔の公園に立っていた。

英ちゃんが、私を見て、手を上げた。

だめよ、自分の心を偽っては！

今度こそ、自分の思いを、きちんと伝えなくては！

英ちゃんに向かって、足を一歩踏み出した時、ゴオッという音が聞こえた。

私は、炎につつまれていた。

あの夢の中の情景だ。

「え？」と思った時、私は、思い出した！！

そう、私は、随分むかし、ここにいた。

私は、お城の、姫だったのだ！


今から、およそ二百年ほど昔になるのだろうか？

ちょうど、この公園のある場所に小さな城があった。私は、そこの姫だった。

天守閣の上から下を見下ろすと、町並みの向こうに海が広がっているのが見えた。下から吹き上がってくる風が、時折、潮の香りを運んできた。

私は、幼い頃から、その景色が大好きだった。

あそこに行ってみたいな、と思っていたが、実際にそれは、なかなか叶わないことだった。

「姫、また、こちらにおいでだったのですね」

二つ年上の、いとこの英高様は、早駆けの時など、よくこの城に立ち寄った。

私は、いつもニコニコと穏やかなこのいとこが、大好きだった。側に寄ると、お香のいい香りがした。

「姫をお探しする時には、ここに参ると、よいようですね」

英高様は、ニコニコしながら、大股で近づいてきた。

「今日は、向こうの森で馬を駆っておりましたが、桜が満開で、あまりにも美しかったので、姫にお持ちしました」

そう言いながら、桜の小枝を、私の髪にさしてくれた。

「ああ、思った通り、お似合いですね」

「そうですか？　ならば、嬉しいのですけれど」

ずっと、英高様の側にいられたら、どんなにいいだろうと、私は思っていた。

英高様は、私の父の弟の長男だった。私の父と、英高様の父上は仲がよく、両家は、行き来が多かった。

叔父がこちらに来る時、英高様は、よく、一緒に連れられてきていた。年が近いこともあり、大人の話が終わるまで、私たちは、二人で遊ぶことが多かった。

「私、大きくなったら、英高様のお嫁さんになる」

私は、よく、そんなことを言っていた。

「ね、英高様、お嫁さんにして下さるでしょう」

私がそう言うたび、英高様はニコニコ笑っていた。

あまり、いつも一緒にいるので、

「姫と英高は、ずいぶんと仲良しなのですね」

と、母があきれて言ったほどだった。

成長すると、幼い頃のように、いつも一緒というわけではなかったが、なにかにつけ、英高様はよく訪ねてきてくれた。そして、天守閣の上から二人で海を見るのが、楽しみな時間だった。

ずっと、この時間が続けばいいのに……。

私は、そう思いながら、(英高様は、どのように思っておいでなのだろう) と考えてみるのだった。


春も終わりに近づいたある日、私は、突然、父に呼ばれた。

「秋姫、そなたは、来月、曽我家に嫁ぐことになった」

それは、まさに晴天の霹靂だった。

「曽我家の長男、義清は、そなたと似合いの年頃じゃ。文武両道にたけた人物と、聞いておる。そなたにとっても、両家にとっても、良い話だと思う」

「でも、私は……」

「でも？　でも何だというのだ」

「はい……」

いつもは、寛容で、いろいろなことをおおらかに認めてくれる父だったが、この日は、異論を唱える余地は微塵もなかった。ものすごい威圧感があった。

詳しく理由を聞くまでもなく、わかっていた。

今、世の状況は、とても不安定だった。

いつ戦になるのか一触即発の情勢のなか、この曽我氏と縁戚関係を結び、態勢を安定させておく必要があったのだ。

父と英高様の父上が、連日、夜遅くまで論じ合っているのを、私は知っていた。

そして結論として出されたのが、この婚姻話だったというわけだ。

一族を守る責任が、父にはあった。

そして、そういう家柄に生まれついた私にも、それは言えることだった。

母がつらそうに言った。

「もっと平穏な世であったなら、違う道もあったでしょうに……」

「わかっています、母上。この家の女に生まれたのですから、私の務めだと思います」

涙が一筋、ほおを伝って流れた。

「父上も、おつらいのです。目の中に入れても痛くないほど、可愛がっておいでだったあなたですもの。なんで、好き好んで自分の心にない人のもとへ、嫁がせようなどとお考えになったりしましょう」

「わかっています……」

私には、それ以上のことは言えなかった。


私は、次の日からおよそ一日中、天守閣に上って海を見ていた。せめて、大好きな景色の見える場所にいたかった。

一日が終わるたびに、（あと、何日残っているのだろう）と思った。

この景色と別れたくない。そして、あのかたとも……。もちろん、この婚姻のことを、知らないわけではないだろうけれど、なんの音沙汰もなかった。

逢いたくてたまらないけれど、逆に逢うのがこわくもあった。

そして、あと三日で輿入れという日に、彼は突然にやってきた。

その様子は、いつもと、なんら変わるところはなかった。

「やはり、こちらでしたね、姫」

英高様は、ニコニコといつもの笑顔で、階段を上ってきた。

「今日は、姫にぜひお渡ししたいものがあって、参りました」

彼はそう言って、小さな信玄袋を、懐から取り出し私に差し出した。口を開くと、中に、きれいに磨かれた桜貝が五つ入っていた。

「まあ、きれいですね！」

私は、目をみはって、それを手にとった。ぴかぴかに、みがかれた貝殻が、桜色に光っていた。

「お気に召しましたか？　秋姫は、笑顔がお似合いですよ」

袋には、香が炊き込めてあるらしく、良い匂いがした。

私が大好きな、英高様の匂いだった。

「姫はいつも、あの海に行ってみたいと言っておいでだったでしょう。代わりに、私が行って参りました」

彼はそう言って、少しいたずらっぽく私を見て、ニコッと笑った。

「砂浜が、ずうっと広がっていて、潮風の気持ちのよい所でした。桜貝のかいがらが、とても可愛らしかったので拾って帰りました。きれいに磨いてから、差し上げようと思ったのですが、結構、手間どってしまって、遅くなりました」

「そうですか。ありがとう」

それ以上言うと、涙がこぼれそうだった。

私たちは、それから言葉をかわすこともなく、ずっと海を見ていた。

なぜ、あの海に行ってみようと思ったのか聞いてみようかとも思ったが、やめた。

理由を聞いたところで、せんないことだとも思えたし、聞かずともわかるような気もした。

どれだけの時が流れたのか……。

気がつくと、辺りは夕焼けに染まっていた。話したいことは、たくさんあるけれど、言葉にならないもどかしさが、ずっと、あった。

「もう、戻らなければなりませんね」

しずかな時を破って、英高様がゆっくりと口を開いた。

「もう、お会いすることはないかもしれませんが……」

そして、私のほうをじっと見つめて言った。

「秋姫。姫がどこにおいでても、私は必ず、姫をお守りしますよ」

何を気負うふうもなく、穏やかな口調だった。

「このような世でなければ、違った添いかたもあったのでしょうね」

私はようやくの思いで、それだけ言った。

一族の命運を握る長男の父のもとに生まれたのが、すべてだった。

しかし、それだから英高様に出会えたのかもしれないという思いもあった。

「秋姫、お幸せに」

行かないでと言えない、自分の立場が恨めしかった。

そして、私は、彼の後ろ姿を見送ったのだった。


その日の夜だった。城の一角から火の手が上がったのだ。火の勢いは強く、瞬く間に城全体へと燃え広がっていった。

曽我氏が寝返ったのだと気づくのに、それほどの時間はかからなかった。私の輿入れを前にして、城の警備は、全く手薄だったのだ。

あちこちで怒声が飛び交い、城の中は混乱をきわめた。

どうすればいいのか、どこに逃げればいいのか、わからなかった。

あちこち彷徨いながら、ふと気づくと、私は天守閣の上にいた。

そこにも、すでに火が回り、大きな柱が、音をたてて崩れていた。辺り一面には、煙が充満して、熱い空気が、喉の奥までせめこんできた。

苦しくてたまらなかった。頭の上からも、焼けた火柱が崩れてくる。階段からも、炎と煙が、吹き上がってきていた。

もう、逃げ場はない！

それでも私は、必死で叫んだ。

「助けて！　だれか、だれか！」

もう、だめだ……。半ば薄らぐ意識の中で、階段を見やった時、なにやら人影が、すごい勢いで駆け登ってくるのが見えた。

「姫、やはり、ここでしたね！」

その声は、なんと英高様だった！

「ど、どうして、ここにいらっしゃったのです？」

「必ずお守りすると、申し上げたでしょう。もう、お忘れですか？」

忘れるはずもないけれど、まさかこの状況の中、駆けつけてくれるなんて！

「さあ、姫、こちらです。ぐずぐずしていては、危ない！」

英高様は、私の腕を掴んで走り始めた。

耳の横にゴーッという音が渦巻く中、彼に導かれるまま、ひたすらに走り続けた。

どこを、どう走ったものかわからなかったが、私達は、石垣の近くの武器庫のところまで、逃げてきていた。

英高様は、足取りを緩め、立ち止まった。

「ここまで来れば、ひとまず、大丈夫でしょう。お怪我は、ありませんか？」

英高様の顔は、やけどとすすで、赤黒くなっていた。

おそらく、自分の顔もそうなっているだろうと、思った。

「まさか、来てくださるとは思いませんでした」

私は、息をはずませながら、言った。

「お守りすると約束したでしょう。小さな頃から一緒だったのに、私を、そんないいかげんな男だと思っていたのですか？　心外ですね」

英高様は、笑いながら睨んだ。

「今夜は何となく寝つけず、外に出てみたら、城のほうに火の手があがるのが見えたのです。気がついたら、こちらに向かって走りだしていました。姫、私は、約束は守る男ですよ」

「ありがとう。本当は、あなたを待っていたのかもしれません」

「とにかく、間に合って良かった。でなければ、私は一生、自分を責めたでしょうからね」

英高様の温かい気持ちが、私の中に染み込んでくるようだった。

しばらくの沈黙の後、彼は言った。

「秋姫。双子の魂の話を知っていますか？」

「え？　双子のたましい？」

「ええ。私がまだ幼かった頃、祖母が話してくれたことがあるんです。もともと一つだった魂が、この世に生まれる時に二つになることがあるのだそうです。別々の人間になって生まれるわけですが、魂が、もとの姿になろうと、強くお互いを呼び求めるので、その二人は必ず巡り合い、一つになるのだと……。幼心に、とても印象深い話だったので、よく覚えているのです」

「なんだか、素敵なお話ですね」

「そして私は、自分がそうなのではないかと、ずっと思っていました」

私は、黙っていた。口を開けば、思いの丈をさらけ出してしまいそうで怖かった。

しかし、彼も同じ思いを持って、長い時を過ごしてきたのだと、はっきり感じた。

このまま、二人でどこか誰も知らない所へ、行ければ……。

目を閉じて思いを巡らせた。

「英高様」

意を決して、思いを伝えようとしたとき、新たに別の場所で火の手があがり、私は現実に引き戻された。

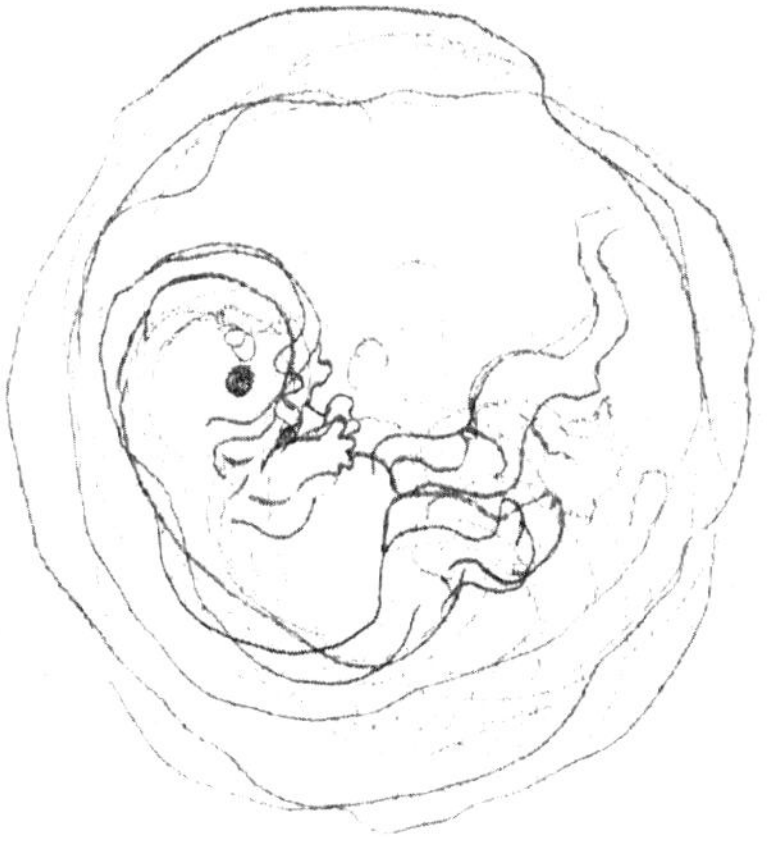

「英高様、父と母はどうなったでしょう？　ご無事でしょうか？」

「ああ、そうですね」

英高様も、我にかえったように厳しい顔つきになった。

「どうも、曽我氏が寝返ったようなのです。ご無事とは思いますが……」

彼は、私の手を引っ張って、武器庫の陰に連れていった。

「ご安心下さい。私が、見て参りましょう。この辺りは、しばらく安全だと思いますから、姫は、ここで待っていてください」

そう言って、英高様は、私の手を離した。

突然、言いようもない不安が、私を襲った。離れてはいけないような気がした。

「私も、参ります」

「だめですよ、姫。危険です」

「ひとりで残るのは、嫌です」

「叔父上たちの所在が知れたら、すぐに戻ります。大丈夫ですから。こういうことはね、男の仕事です」

英高様は、そう言って、袖を掴んだ私の手をゆっくりとほどいた。

「いいですか、絶対にここを動いてはだめですよ」

行かせてはいけないような気がした。私の頭のどこかで、何かが警鐘を鳴らしていた。

「ほらほら、そんな悲しい顔をしないで。すぐに戻りますから。いいですか、ここを離れてはだめですよ」

彼は、そう言って、今来た道を引き返していった。

(行かないで、行かないで、行かないで!)

私は、心の中で、ずっと、そう叫び続けていた。

そして、英高様が、闇の中に消えていった直後だった。まさしく、その方向に火薬の爆発音が聞こえ、凄まじい炎が上がったのだ。


「英高様!」

私は、その方向に向かって走った。

辺り一面、すでに火の海だった。城の家臣たちが、炎を避けながら、こちらに逃げてきた。

「英高様、英高様!」

私は、必死に彼の姿を探した。(やはり、あの手を離してはいけなかったのだ)

後悔の念が、頭の中で渦巻いていた。

「姫!」

そのうち、私は、城代家老の竹内に呼び止められた。

「姫、ご無事でしたか！　お探ししましたぞ」

彼は、私の手を取って引っ張った。

「そちらに行ってはなりません！　そちらは、もう火の手が回っています」

私は、彼の手を振りほどいた。

「嫌です！　あの中に、英高様が、いらっしゃるのです！　父上たちを、探しに行かれたのです！」

「父君も、母君もご無事です。ご安心下さい」

「英高様が、まだ、中にいらっしゃるのです！」

「姫、ここより先に行ってはなりません！　わかってください！　中は、もう、火の海です。お行かせするわけには、参りません」

竹内と家臣たちは、抵抗する私を抱え、有無を言わさずに引きずった。

「嫌です、嫌です」

胸をかきむしられるような悲しみで、泣きながら、私は燃える城に向かって叫び続けた。

「ひでたかさま！　ひでたかさま！」

（あの手を、離すのではなかった……）

「あきちゃん」

肩を、ポンと叩かれて、私は我にかえった。

それは、英ちゃんだった。

私は、涙でぐしゃぐしゃになって、あの時報塔の公園に立っていた。

「どうしたの？　泣いてたの？」

私の顔を見て、英ちゃんは驚いて尋ねた。

「泣いてなんか、いないわよ」

私は、慌てて、手で涙を拭った。

「そうなんだ」

英ちゃんは、笑いながらハンカチを差し出した。黙ってそれを受け取りながら、

（今、私が見ていたのは、何だろう？）と思った。

夢というには、あまりにも生々しかった。

むかしむかしに、この場所で、英ちゃんと私に起こったこと……。

その昔、英ちゃんと私は、〈秋姫〉と〈英高〉として、ここに存在していた。

「なんだかね、ここにあきちゃんがいるような気がしたんだ」

と、英ちゃんはニコニコしながら言った。

「出張が、一日早く終わってね、何となく、そんな気がしてここに来ちゃった」

「そうだったの」

「あきちゃんは、どうして？」

「なんとなく、来てみたくなったんよ」

「そっか。じゃあ、同じだ」

それから、英ちゃんは真顔になり、じっと私を見て言った。

「約束は明日だけど、返事を聞かせてもらえる？」

その目は、ついさっきまで私が見ていた目で、小さい頃から知っている目でもあった。考えるまでもなかった。二百年の時を超えて、やっとたどり着いた結論でもあった。

「うん」

私は、彼の目を見てうなずいた。

「ほんと？　やった！　実は、ちょっと強引すぎたかなって心配だったんだ。出張中も、気が気じゃなかったんだ」

「確かに、そうかも。だって、十五年ぶりに逢ったのに、突然だものね」

「でも、あきちゃん、小さい頃、ぼくのお嫁さんになるって言ってたでしょ」

「それは、小さかったからよ」

「あきちゃんにとっては、突然だったかもしれないけど、ぼくは、ずっとそう決めてたんだ」

「変なひでちゃん！　会えなかったら、どうするつもりだったの？」

私の問いに、英ちゃんは自信たっぷりに答えた。

「絶対に逢えると思ってた。あきちゃんさ、TWIN　SOULって言葉知ってる？」

「ツインソウル？」

「そう、ツインソウル。双子の魂って意味なんだ」

二百年昔に、その言葉をこの場所で聞いた、と思った。なんとなく、懐かしい気がして、おかしかった。

私が、くすっと笑ったので、英ちゃんは怪訝そうな顔をした。

(覚えていますよ。英高さま) と、心の中で思った。

「もとは、ひとつの魂が、二つになって生まれてきたんでしょ？」

「あれ、あきちゃん知ってるのか。なーんだ」

「ずいぶん昔に、ある人から教えてもらったの」

「ある人？」

「そうよ。ひでちゃんの、よく知ってる人よ」

「え？　だれだろう？」

真剣な表情で考えている英ちゃんを見つめながら、ＴＷＩＮ　ＳＯＵＬが、二百年の時を経て、やっと一つになれた、と感じたのだった。

あとがき

幼い頃の私は、本が大好きな文学少女でした。

新しい本を買ってもらい、表紙を開いて未知なる世界へと入っていくときの、ワクワクする心のときめきを、ずいぶんと年月を経た今でも、はっきりと思い出すことができます。

本は、私にとって、かけがえのない友であり、存在でした。

このたび、これまでに書きためた三編の小説を、周囲の皆様のお力添えを得て、一冊の本にまとめることができました。

長い間、思い描いていた私の世界の扉を、一つ造ることができた喜びは、感に堪えません。

私の思いつきに、心よくご協力いただいた皆さま、本当にありがとうございました。

心より感謝の念を捧げます。
※追記　今回、絵をお願いした中廣洋子さんは、小学校以来の幼なじみです。中学校も一緒なら、高校までも入学してみたら同じクラス。その上、組替えなしの特別クラスだったので、卒業までの三年間も一緒という極めつけです。そんな仲良しの絵が入った本をつくることができて、本当にうれしいと思っています。洋子ちゃん、ありがとう。

十月吉日

作：武田靖子（たけだ　やすこ）
八幡浜市出身。関西外国語大学卒。
画：中廣洋子（なかひろ　ようこ）
八幡浜市出身。武蔵野美術大学卒。

TWIN SOUL

2015年5月5日　初版第1刷

著　者　武田 靖子
発行者　中村 幸男
発行所　アトラス出版
松山市末広町 18-8
電話＆ FAX 089-932-8131
印刷所　モリモト印刷